花鸟

传说故事

山海经民间故事系列编委会 · 主编　　王晓丽 · 绘

图书在版编目(CIP)数据

花鸟传说故事 / 山海经民间故事系列编委会主编 .
—杭州 : 浙江文艺出版社,2023.10
（山海经民间故事系列）
ISBN 978 - 7 - 5339 - 7352 - 0

Ⅰ.①花⋯　Ⅱ.①山⋯　Ⅲ.①民间故事 – 作品集 – 中
国　Ⅳ.①I277.3

中国国家版本馆 CIP 数据核字（2023）第 164779 号

图书策划	柳明晔	封面设计	✗ TT Studio 谈天
责任编辑	张　可	版式设计	四喜丸子
内文插图	王晓丽	营销编辑	宋佳音
责任印制	张丽敏	数字编辑	姜梦冉　诸婧琦

花鸟传说故事

山海经民间故事系列编委会　主编

出版发行	浙江文艺出版社
地　　址	杭州市体育场路347号
邮　　编	310006
电　　话	0571-85176953（总编办）
	0571-85152727（市场部）
制　　版	浙江新华图文制作有限公司
印　　刷	浙江海虹彩色印务有限公司
开　　本	787毫米×1092毫米　1/16
字　　数	70千字
印　　张	8.25
插　　页	5
版　　次	2023年10月第1版
印　　次	2023年10月第1次印刷
书　　号	ISBN 978-7-5339-7352-0
定　　价	78.00元

献给所有对世界充满好奇心的人

李白赋李花

　　人们的名字往往是不满周岁就定下来了，可李白的名字却是在他七岁的时候才起的，说起这事还很有意思呢。

　　李白一生下来就白白胖胖的，水灵灵的大眼睛实在惹人喜爱。父母把他看成掌上明珠，商量着给他起一个可心的名字，但商量来商量去，起了好多名字，仔细品味都不满意。后来，李白的父亲说："干脆等儿子周岁时抓抓周，看看儿子的志向，再考虑起一个得体的名字。"

李白周岁那天，一家人忙得不亦乐乎。他们在庭院中李树下放一张八仙桌，桌上放着鸡蛋、糖糕、尺子、算盘、《论语》、《诗经》等。李白的母亲抱着他，让他伸出小手抓八仙桌上的东西。李白好奇地望着八仙桌上的物件，瞅瞅这，瞧瞧那，咧着小嘴只是笑，迟迟不抓。李白的父亲望着儿子，心里又喜又怕。他怕儿子抓着鸡蛋、糖糕，长大好吃嘴；也怕儿子抓着尺子、算盘，长大只懂生意经，有失他书香门第的高风。他心里暗暗盼望着他周岁的娃娃伸手抓着《论语》，长大好魁名高中，治国安邦，光宗耀祖。正当他想入非非的时候，李白伸出小手抓了那本《诗经》，笑嘻嘻地双手抱着。

李白父亲见他抓着《诗经》，也很高兴，儿子长大后假如不能魁名高中，只要诗词歌赋样样皆精，自成名流，也不辱李家门楣。不过这一来就更难坏了李白的父亲，如果儿子长大后真的成为一个有名的诗人，没有一个好的名字，岂不让人笑他父亲没有学问吗？李白的父亲越往诗上想，对儿子起名越慎重，越慎重越想不出来。拖了一年又一年，直到儿子七岁，快入学了，还没想好一个合适的名字。

儿子快上学了，总得有个名字吧？李白的父亲决心要给儿子定名，不能再等了。他想先试一试儿子，看儿子有作诗的天赋没有。倘若没有，就在自己想好的几个名字中给儿子挑一个算了。

那年春天，李白的父亲给妻子使了个眼色说："我想写一首春日绝句，只写了两句，后两句想不出来了，只好向你们母子求援了。你们母子一人给我添一句，凑合凑合。我先把我想好的这两句说说，一句是'春风送暖百花开'，一句是'迎春绽金它先来'，后面那两句就靠你俩了。"

李白的母亲想了好大一阵子，说："火烧杏林红霞落。"

李白等母亲说罢，不假思索地向院中盛开的李树一指，脱口说道："李花怒放一树白。"

李白的父亲一听，拍手叫好，果然儿子有诗才。他笑眯眯地摊开一张纸，随手拿起笔来把刚才一家人凑合出来的一首绝句写了出来，一句一句地推敲品评着，只觉得前三句不如最后一句。这最后一句清雅自然，真是一句好诗。他念了一遍又一遍，越念心里越喜欢，念着念着，忽然心里一动，这句诗的开头一字不正是自家的姓吗？这最后一个"白"字用得真好，不正说出了一树李花圣洁如雪吗？

妙妙！给儿子想名字想了多年还不曾想到这个"白"字。于是，他就给儿子起名叫李白。

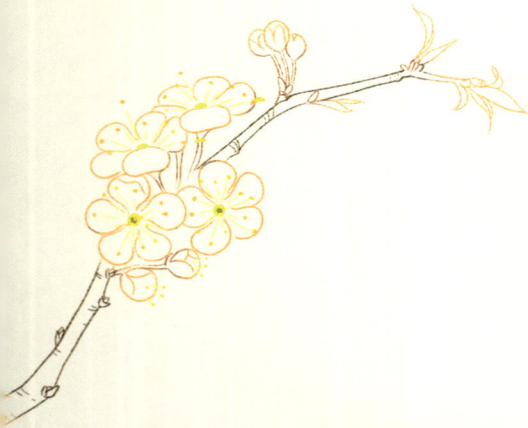

苏东坡与泪露芍药

花卉中，芍药普及得最早。相传夏、商、周时，芍药花儿已遍开九州，上至帝王，下至百姓，人人喜爱。要论芍药花开最出名的地方还数扬州，自广陵至姑苏数百里间，芍药园连绵不断。在花农的精心培育下，每逢芍药盛开之时，园园放彩，争奇斗艳，甚是好看。因此有"扬州芍药天下冠"的说法，也有人称芍药为扬花。

宋朝时候，也不知扬州的哪位太守，在扬州的禅智寺内建了个宽敞的芍药厅，举办万花会，每年暮春举行一次，供达官贵人观赏取乐。这一规定可苦了众花农。每逢万花会到来前，地方官吏为了讨好主子，到处搜觅佳品。凡有花圃的花农每年要向芍药厅进献十盆佳品芍药。

苏东坡是个能诗善文的大文人，文人们都爱赏花，他对扬州一年一度的万花会很向往。在吏部做官的一个朋友为了满足他的心愿，多方周旋，奏请皇上，就叫他出任扬州。

苏东坡出任扬州的消息一传出，扬州地方官为了讨得新任主子的欢心，别出心裁，要在芍药厅凑齐一万盆佳品。苏东坡到扬州时正值暮春，地方官花样百出：他们带轿夫出城迎候，苏东坡的轿子一到，便换轿夫，把苏东坡一直抬进禅智寺，要在芍药厅中用花宴给苏东坡洗尘。

八抬大轿落在芍药厅前，苏东坡一出轿，在地方官的笑脸陪同下走进了芍药厅。好一个芍药厅啊！一盆盆盛开的芍药分色摆放，每盆芍药都贴着花名。

苏东坡仔细地观赏着每盆芍药，黄的有御黄袍、金绣球；红的有旭日出海、绿野落霞；白的有一捧雪、清水泉……苏东坡一盆盆地品赏着，众官吏满脸堆笑地尾随着。苏东坡眼望着这许多芍药，总觉得花儿虽好，但耗费太大……

这时，忽见两个面露忧伤的姑娘，抬进了一盆别致的上品。万花会的主管忙走到苏东坡面前，殷勤地说："太爷，品赏了九千九百九十九盆，这盆绝品一到，正好成了名副其实的万花会。"

苏东坡信步走到那盆盖世无双的芍药跟前，只见那花红、黄、白三色相间，花姿艳丽，只是不见花名。奇怪的是，在那朵朵芍药上还挂着闪闪露珠。

此刻已过午时，哪来的露珠呢？苏东坡对那花瓣上的露珠看了又看，忽然心有所悟。他抬头微笑着说："这盆佳品，真是扬州一绝，我要把它进献给皇上。皇上或赏官，或赏银，都归原主。不知这盆芍药的主人是谁？"

这时，州官、县官，还有那万花会的主管，异口同声地说："这是我家的。"

苏东坡说："不要争，想必是州官大人的。我说州官大人啊，这花没贴花名，不知叫什么名字。"

州官说："这这这，卑职才疏学浅，想不出贴切的名字，因此没有贴标。苏大人博学多才，还是劳烦大人给这三色芍药起个名吧。"

苏东坡说："在这样的芍药面前，苏某也一样无能为力，想不出恰当的名字。有名也好，无名也罢，这芍药一贵三色相间，二贵晨露不消。如今州官大人当以花主身份启程进京，把这佳品进献万岁。我另写奏章，言明大人在扬州的政绩。"

那州官先是一喜，后听到"政绩"两字，感到不妙，趴在那盆花上仔细看看，那滴滴露珠好像是泪。忙笑着推辞说："苏大人，要说这盆奇花，还是万花会主管送给我的，这功劳当归万花会主管，还是让万花会主管进京献花领赏去吧。"

万花会主管一听也感不妙，忙近前施了一礼说："要说这盆花，还是知县大人献给万花会的，小人不敢冒功领赏，还是让知县大人进京献花领赏去吧。"

知县听罢，也感不妙，忙跪在苏东坡面前说："小人更不敢冒名请功了，倘若有赏，还是让花农进京献花领赏去吧。"

于是，苏东坡让花农进见，进来的正是刚才献花的两姐妹。原来在禅智寺对面的望春园里住着一个姓花的花农，人称花翁。花翁无儿，只有一对双生女儿，因他爱花，就给大女儿起名芍红，二女儿起名芍蓝。

他父女三人终日以种花卖花为生。芍药花好，纯属单色，花翁想培育出一种复色芍药，就领着两个女儿下了三年苦功，才育出了这三色相间的芍药。

后来，有人上报知县，知县就责令他把这三色芍药献给万花会。花翁不愿，迟迟不献，知县就派衙役去到望春园，打得花翁卧床不起，又逼他的两个女儿立即把这盆三色芍药抬进芍药厅。双生姐妹无奈，只好抬来，满腹辛酸一路泪，点点滴在芍药上，因此芍药上出现了"露珠"。苏东坡和气地细细盘问两姐妹，终于查明了真情。

于是，苏东坡当厅判案，判罚州官、知县半年俸银给花翁治病养伤，又当众废除扬州一年一度的万花会，并让万花会主管立即把芍药厅中的各种上品送还原主。

然后，苏东坡问那双生姐妹这盆三色芍药叫什么名字。双生姐妹说："爹爹给它起名叫宫锦红。"

苏东坡说："你们姐妹把这盆宫锦红抬回去吧。"

双生姐妹向苏东坡拜了几拜说："今逢青天大人，废除了万花会，解除了花农的疾苦，我们姐妹愿把这盆宫锦红献给大人，以表心意。"

苏东坡连声谢绝，那双生姐妹只是不依，万般无奈，苏东坡只好收下了。

苏东坡把那盆宫锦红带进了衙门，放在案头，起名叫"泪露芍药"。他用这泪露芍药劝诫自己，每当审理公案时常去想一想，生怕办事不慎，会给百姓带来疾苦。

陆游夜游海棠园

宋朝时候，四川的海棠最盛，称为天下奇艳。陆游早想入蜀一游，只是身负重任，国事缠身，不能离职远去。晚年，他告老归郡，真是无官一身轻，就备了一匹快马，独自入蜀，实现他赏海棠的夙愿。

陆游一到蜀地，只见塘边路旁尽是海棠树，花团锦簇，娇艳烂漫，好看极了，真有点"岷蜀地千里，海棠花独妍"的味道。陆游赏花忘情，不知不觉天已黄昏。

这时抬头看去，只见前面晚霞烧林，好大一个海棠园呵！

于是催马前去，来到那海棠园时，天已全黑了。他翻身下马，拿出随身带的蜡烛点起，手举着蜡烛，观赏着夜中的海棠。仔细看来，全是垂丝海棠，初开时花朵上举，开放后花朵下垂，花枝细长，柔蔓迎风，垂英袅袅，别有风趣。

陆游流连忘返，一手牵马，一手秉烛向海棠园深处走去。正走间，忽见海棠园中茅屋前有一老翁在一棵海棠树上吊着。陆游慌忙上前把那老翁救下，左喊右喊总算把那老翁喊醒过来。

仔细一问，原来那老翁姓陆名山林，跟前有一女儿名叫陆海棠，父女二人以种植海棠卖花为生。前天县太爷家的大少爷入园赏花，看上了他的女儿，竟把他的女儿抢走了。

陆游一听，心中很气，解劝了陆山林一番，答应救出他的女儿，就在陆山林的耳边如此这般地说了一阵，便连夜骑马直奔县衙。

知县姓王名春，夜半听衙役来报，说有个叫陆游的人想入衙投宿一晚。王春一听陆游的大名，连忙起来，出县衙迎接。当夜无话，第二天陆游说他想入山观赏观赏海棠。陆游话都说出口了，王春只好作陪了。

吃罢早饭，王春给陆游备顶小轿，自己骑马在前引路进山了。行到昨晚的那个海棠园时，陆游让人把轿落下，走出轿子，佯装赏着海棠花向园中走去。这时王春也下了马，赔着笑脸跟在后边。

正走间，园中的陆山林忽然说道："那不是大哥吗？"陆游故装一惊，忙紧走几步抓着陆山林的手说："原来是山林弟呀，多年不见了，真是大水冲了龙王庙，自家人也不认自家人了。"

寒暄几句后，陆山林把陆游、王春领到屋里，让座倒茶。坐定后，陆游说："多年不见了，咱那海棠妮子也长大了吧？"陆游这一提，陆山林两眼噙泪，望望陆游，望望王春，只是不语。

这时，王春已感到事情不妙，便十分尴尬地对陆游说："家教不严，出了不肖子孙。还望陆大人海涵。"当下王春命衙役回衙，用轿子把陆海棠抬回来，再把他那不肖儿子绑来叫陆游治罪。不一会儿，陆海棠被抬了回来，王春的儿子也被绑来了。陆游教训了那大少爷一番，并没治罪，又亲自给他松了绑。王春父子感恩不尽，那大少爷自此以后再也不敢为非作歹了。

陆游在县衙住了几日要走，那王春定要陆游题诗留念，于是，陆游提笔写了四句：

蜀地名花擅古今，

一枝气可压千林。

讥弹更到无香处，

常恨人言太刻深。

关汉卿梨花悟戏

　　关汉卿经常在民间走南闯北，把听到的故事编成戏。有一年，他在南游的路上看到了一个大梨园。那梨园傍山依水，得天独厚，时值梨花盛开，雪白一片，甚是好看。

　　关汉卿走进梨园，只见梨园中有一间不大的茅屋，茅屋门前有一棵弯腰大梨树，大梨树下有个小石桌。梨园主人是个好客的老头，见有人来到，忙提茶出屋打招呼。于是，一主一客寒暄几句便坐在石桌旁喝茶闲叙。

　　谈话中，关汉卿知道这梨园主人年轻时在戏班中唱花旦，艺名叫"梨花白"。于是，他对这梨园更加喜爱了，打算在这梨园住一阵子，跟着梨花白学些杂曲。后来，梨花白知道关汉卿能写戏，对他越发敬慕。于是二人在那幽静的梨园中谈古论今，成了莫逆之交。

有一天，梨花白给关汉卿讲了他表妹窦娥冤死在六月天的故事，想叫关汉卿编成戏。关汉卿听了那个故事非常感动，于是，就在梨园石桌上动手编写。

　　戏编好了，可是戏名怎么起呢？关汉卿为难了，叫"窦娥冤死六月天"吧，觉着太俗太露，似乎还有言不尽意之感。他想着想着，竟趴在石桌上迷迷糊糊地睡着了。

　　也不知什么时候，一阵风把他吹醒，只见落下的梨花覆盖了

石桌上的书稿。他抬头望去，梨花还在纷纷飘落，整个梨园像下雪似的，一个"雪"字突然跳上了心头。他一阵心喜，就给那"窦娥冤死六月天"的戏起名叫"六月雪"。他忙吹开书稿上的梨花，在戏的末尾又添写了洁雪覆盖冤体的情节。他把戏念给梨花白听，梨花白十分兴奋，当下便和关汉卿商量，要组织一个科班在梨园学戏。两个人一合计，便招了一班孩子，由梨花白当老师教了起来。关汉卿给这个戏班起名叫"梨园班"。

梨园班专唱关汉卿的戏，唱得出了名。后来，他们的弟子遍布天下，师教徒，徒教孙，代代相传。

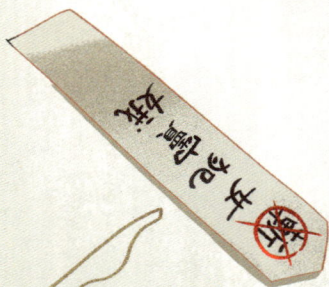

孙思邈不识金银花

　　隋朝时候，有个叫孙思邈的人，自幼一身疾病。他家很穷，无力求医，因此孙思邈备尝了人间的辛酸。他立志要学医，为穷人治病。

　　孙思邈刻苦学医，又不耻下问，没几年就掌握了精湛的医术，走乡串庄，为穷人治起病来。他的医术高明，看病细心，从不马虎，凡是经他亲手看的病症，都能对症下药，药到病除。这样一来，孙思邈的名字便响亮了，大家都说他是华佗再世，当今的神医。

　　后来，隋亡唐兴，孙思邈的名字传到京城，正好唐太宗生病，太医们百治不愈，于是唐太宗就传旨请孙思邈进宫。孙思邈来到皇宫，细心地给唐太宗诊了诊脉，望了望病色，问了问病因，思索了半天开了一张处方。

　　孙思邈满以为一剂药就能把唐太宗的病治好，谁知唐太宗吃了他的药毫无作用。孙思邈又给唐太宗复诊一遍，审视了一下药方，觉着无误，便叫唐太宗按着方子再吃两剂。两剂药吃下，唐太宗的病情还是不见减轻，满朝太医笑孙思邈枉负盛名。唐太宗念他是村野郎中，也没怪罪，就让他出宫去了。

马有失蹄，人有失手，但孙思邈百思不解，给唐太宗看病究竟失手在哪里。他闷闷不乐地离开了京都，低着头沉思，寻找原因。

有一天，他来到一座山边，觉着累了，又有点渴，就向山脚下的一户人家走去。走近一看，只见那家门前摆满药材，有两个姑娘正在那里挑拣。

他弯腰抓了一把说："真是好当归呀！"

那两个姑娘看他是个郎中，便笑了起来。这一笑，笑得孙思邈不好意思，但又不知两个姑娘笑从何来。后来，他说渴了，想找口茶喝。那个大一点的姑娘说："好，我给你烧碗金花茶。"说罢，跑到后山上，一会儿采回来半篮黄灿灿的金花。

妹妹看姐姐有意捉弄这个"瞎头"郎中，便也凑趣地说："好，我给你烧碗银花茶。"说罢，也跑上了后山，一会儿采回来半篮白亮亮的银花。

姐姐添水，妹妹烧火，很快一碗金花茶和一碗银花茶就端到了孙思邈面前。孙思邈喝口金花茶，喝口银花茶，只觉味甘清淡，有止渴清热之效，非常高兴地说："这两种花可入药，这两种花可入药。"

那姐妹二人听到这里再也忍不住了，咯咯咯笑得前俯后仰，连眼泪也笑了出来。

孙思邈望着止不住笑的那姐妹二人，被弄得丈二和尚摸不着头脑，便问道："二位为何笑我？"

那个大一点的姑娘擦了擦笑出的泪花说："笑你们郎中是瞎子，笑药把式是独眼龙，只有我们药农才是两只眼呢。就拿这种花来说吧，刚开时银亮银亮的，盛开时金黄金黄的，花开有先后，黄白间错同株，

我们就叫它金银花。这是一种花，不是两种花，亏你还是个郎中呢！别说你了，就是那个孙思邈，因为不认识药，听说还在万岁面前丢了脸呢。你刚来时不是说那是好当归吗？其实那是大鸡爪。万岁爷开了宫市，我们去京城卖药，那些太监常常把我们的药材拿走，只给一点点钱。我们生气了，就故意弄些假药给他们，结果是委屈了孙思邈……"

孙思邈听到这里，恍然大悟，也顾不得自己年已半百，便说："我就是孙思邈，二位姑娘收下我这老徒弟吧，我要跟着你们认识药材的真面目。"

那二位姑娘一听是孙思邈，大吃一惊，自知失了言，很不好意思。可孙思邈一点也不介意，抱定宗旨向她们求教。就这样，他每天背着镬头跟着姑娘上山挖起药来，认识了许多药材的真面目，探究了许多药材的性能。

后来，他带着亲自挖来的药材进宫去给唐太宗治病，一剂药就把唐太宗的病治好了。唐太宗一阵心喜，问他去而复归，处方不变，为何却能生效。

孙思邈把向村女拜师的前因后

果说了出来。唐太宗听罢感到惭愧，觉着君不爱民，民不爱君，闹得自己久病不愈。于是，就传旨取消了宫市，与民同市，公平买卖。唐太宗又念孙思邈拜师认药，用药如神，就封孙思邈为药王。

孙思邈想起金银花，便顿开茅塞，用"君臣佐使"的配药方法，以金银花为君，甘草、生地、桔梗为臣，配出了甘桔汤方剂。因此人们一喝甘桔汤就想起了孙思邈，常说："甘草金银花，喝了就得法。"

郭子仪怒撕芙蓉帐

杨玉环是唐明皇最宠爱的一个妃子，人们都叫她杨贵妃。

这杨贵妃能歌善舞，貌压三宫六院，谁也比不上她。她仗着自己长得好看，便趾高气扬，目空一切，连身为一朝天子的唐明皇，也少不了处处顺着她的心意，不好对她重言重语。

有一回，唐明皇让杨贵妃跳舞，杨贵妃不跳。唐明皇问她为何不跳。杨贵妃说："万岁不是常说我有羞花闭月之貌吗？我要羞花，我要闭月，能否办到？"

于是，唐明皇就亲手在沉香亭前种起了牡丹。待到牡丹开时，唐明皇对杨贵妃

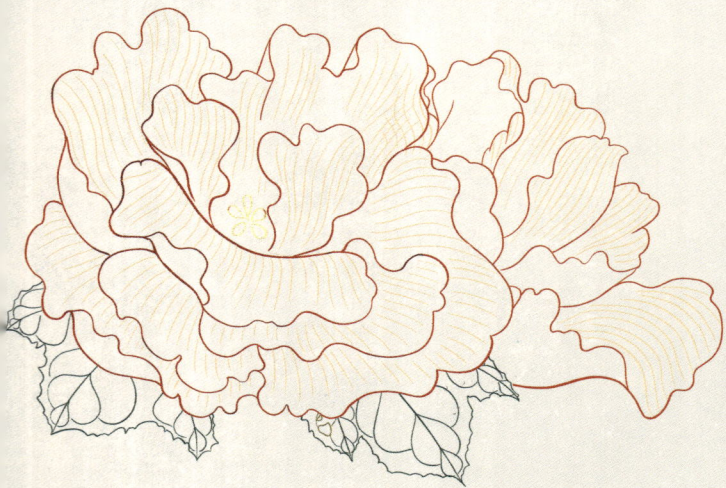

说："牡丹是花中之王，艳冠群芳，如今盛开，恰逢十五。今天夜里你在月下花间，翩翩起舞，正好羞一羞花，闭一闭月了。"

杨贵妃听他这么一说，那天晚上，就在沉香亭前的牡丹丛中跳起舞来。跳着跳着，恰有一片行云飘过，遮住了明月，牡丹也暗淡无光了。唐明皇拍手叫好，说杨贵妃果能羞花闭月。

自此以后，杨贵妃更加高傲了。要想叫她跳舞，必得有花有月。唐明皇为了讨她欢心，也只好在御花园中随时选花。牡丹开罢选芍药，芍药开罢选石榴，这样一次次选下去，一直选到秋菊。秋菊开罢，百花凋谢，千林黄叶落地，再也无花可找了。

杨贵妃的哥哥杨国忠馊主意多。他认为北方天寒，南方天暖，便派人去江南寻找。也不知累坏了多少人，跑坏了多少马，终于从芙蓉江岸取回百株木芙蓉，带回万朵鲜艳的芙蓉花。

时值深秋，天冷夜寒。杨国忠怕妹妹在月下跳舞冻坏玉体，就做了一个大帐子，帐子上面挂满芙蓉花，送进宫去。唐明皇一见龙颜大喜，表彰了杨国忠，又给那大帐子赐名为"芙蓉帐"，把那芙蓉帐挂在兴庆宫中，夜夜看杨贵妃跳舞。

唐明皇一方面听信杨国忠之谗言，另一方面沉湎杨贵妃之妖舞，变得是非不分，朝政日废。

久蓄反心的安禄山就乘机举兵反叛，兵临长安。唐明皇万般无奈，只好诏见大将郭子仪。郭子仪上得殿来，叩拜后奏道："日月无辉怨乌云，万岁不明怨贵妃。我主宠信杨家兄妹，造成安禄山叛乱，臣有心尽力平乱，只怕将士不服，出征

之时想借万岁一件东西以鼓士气，不知万

岁给还是不给？"

　　唐明皇说："不知爱卿想用何物？"

　　郭子仪说："芙蓉帐！"

　　唐明皇一听就知道了是怎么回事，给

吧，有点舍不得；不给吧，又怕郭子仪不出征，思量一阵，只好让内侍去兴庆宫抬出芙蓉帐。

郭子仪接过芙蓉帐，当着万岁和满朝文武大臣，满面愤怒地把那芙蓉帐撕得粉碎，然后谢过皇恩，下殿出征去了。

包拯喜受月月红

　　包拯六十岁的时候，皇帝念他德高望重，要给他做寿，包拯一再上书谢绝，因皇帝不依，只好遵命办理。但他吩咐儿子包贵，一概不收寿礼。执意要送者，可说明理由，如果说不通就去禀知他。

　　寿辰前几天，他的儿子包贵就亲自在衙门口拒礼。第一家来送寿礼的是当朝天子，来人是六宫司礼太监。这一下可把包贵难住了，万岁爷送来的礼敢不收吗？包贵无奈，只好把爹爹的话说了出来，并拿出红纸一张，叫那老太监写上理由。于是，六宫司礼太监提笔在那红纸上写出了一首诗：

德高望重一品卿，

日夜操劳似魏徵。

今日皇上把礼送，

拒礼门外理不通。

包贵叫王朝把那几句诗拿到内衙让爹爹看。不一会儿，王朝走了出来。包贵接过红纸一看，只见那四句诗下边又添了四句：

铁面无私丹心忠，

坐官最怕叨念功。

操劳本是分内事，

拒礼为开廉洁风。

包贵看罢递给太监。那太监无奈，只好带着礼物回宫交差去了。

　　太监刚走，又来一人送礼，包贵抬头一看，可把他难坏了，原来来的是爹爹的好友，在京做官的同乡人张奎。包贵先说了刚才拒了皇上礼物的事，然后笑着又说："张伯父，不是侄儿不收您的礼，侄儿实在为难……"

　　张奎说："别人的礼不收，我送的礼物一定得收。贤侄，我知道你爹的脾气，我不为难你，来来来，拿出红纸，我写几句理，看你爹收我这份礼不收。"

　　包贵递上红纸一张，张奎提笔写了四句：

同窗同师同乡人，

同科同榜同殿臣。

无话不谈心肝照，

怎好拒礼南衙门？

　　包贵接过红纸，叫马汉拿回内衙。不一会儿，马汉出来了。张奎接过一看，只见下面写着：

你我本是知音人，

肝胆相照心相印。

寿日薄酒促膝叙，

胜似送礼染俗尘。

张奎看罢无话可说，只好笑着把礼物又带回去了。

紧接着又来了一个送礼人，包贵抬头一看，只见那人头戴烂毡帽，身穿小夹袄，双手抱着一个花盆，花盆里种着一株青枝绿叶的月月红。

他来到南衙门口，笑着对包贵说："大人六十大寿，俺来祝寿，请您把这份寿礼收下。"包贵感到奇怪，开口说道："请问尊姓大名？"

那人说道："俺叫赵钱孙李。"

包贵笑道："哎，哪有这样的名字呢？"

那人说："我本姓赵，右邻姓钱，左邻姓孙，对门姓李。大人今年六十大寿，大家一商量，推我送来一盆月月红，给大人做寿礼。"

包贵一听，知道了百姓的心意。有心收下吧，没禀明爹爹，不敢做主，便微微一笑说："相爷有规矩，凡是送寿礼的人都得说个理由，有理他收，无理他不收。"

那人说："好好好。我说，您代笔，看相爷他收不收我们的寿礼！"那人想了片刻，说出了四句诗：

花落花开无间断，
春来春去不相关。
但愿相爷常健在，
勤为百姓除赃官。

包贵代写完毕，叫王朝再拿进内衙。不一会儿，包拯亲自出来了，双手接过那盆月月红，笑着也说了四句诗：

赵钱孙李张王陈，

好花一盆黎民情。

一日三餐抚心问，

丹心要学月月红。

魏紫牡丹

潘河东边的魏家庄，有一个书生，姓魏名璞，字春霖。自幼父母双亡，只有一个忠诚的老管家为他操持家务，日子过得还算不错。

魏璞天资聪明，琴棋书画，样样都精，尤其喜爱花草。他的茅舍前后、屋内窗台，摆满了花盆，种遍了奇花异草。每当读到描写花草的诗文，总是爱不释手，读了又读，背了又背，最后书写成条幅挂在墙上。二十三四岁的人了，还不曾成亲，以花为伴。

他闲来无事时，对着奇花描丹青，向着群芳抚瑶琴。别的事一概不放在心上，几乎大门不出二门不迈，像个闺阁淑女。

大比之年，亲戚邻居都鼓励他去应试。他想，也好，到京城去，一来看看花卉，二来试

试自己文才究竟如何。于是，他收拾行装，少不得风餐露宿，来到京城。

谁知，三场考过，名落孙山。其实他本可考中探花，却被那太师偷梁换柱抹掉了。这魏璞并没有把功名利禄放在心上，便离开京城，取道洛阳回家。

这一日，魏璞来到洛阳，安放好行装，在城内有花之处，尽情观赏。洛阳牡丹真不愧天下闻名，那丰满的花容、烂漫的姿态、绚丽的色彩，看得魏璞眼花缭乱。

他信步来到城外，沿着一条小河游玩，突然被河边茅屋旁的一棵牡丹吸引住了。只见这一棵牡丹花姿粉白清奇，可有点萎缩，叶子也不太茂盛，像个残妆旧衣的少女。

他很难过，心想：这棵花是缺水了，得马上浇点水。可是附近没人家，唯一的茅舍门紧锁着。魏璞就用双手捧起河水，一滴一滴地洒在花上，来回捧了十几次。他嫌慢，这才想起用口噙，于是嘴噙手捧，把自己的前衣和鞋袜都弄湿了。洒了一会，他有点疲乏，就坐下来。花经过水洒，叶展了，瓣伸了，显得格外鲜

美。他目不转睛地看着，生怕牡丹花会突然间凋零似的。

不知不觉，金乌西坠，玉兔东升，魏璞不愿离去。好在时近五月，不算太冷，他就靠在花附近的一棵树上，慢慢地睡去了。

忽然他被一声呼唤惊醒了，只见一个淡妆粉白的姑娘站在他面前，顿首叩拜说："多谢君子救命之恩！"

魏璞手忙脚乱，忙低下头，梆的一下，鼻子碰在了膝盖上。原来是南柯一梦。

第二天，茅舍的主人，一个八十多岁的老头回来了。原来这老头年纪大了，又有病，被他女儿接去住，因惦记着这牡丹，才抽空回来看看。魏璞忙迎上去，二人寒暄一阵，就坐下聊起来。

老头说："这棵牡丹也不知有多少年了，年年都长得很茂盛，花姿清雅，惹人喜爱。可我年纪大了，最近没照顾好这花儿。"说着不禁掉下几滴老泪。

魏璞一听，便向老人诉说自己怎样爱花，提出愿用自己的所有东西交换这棵牡丹。老头见他是个实心爱花的人，就把这棵牡丹赠给他了。

魏璞买了个大花盆，把牡丹移栽到盆里，他要把这花带回家去。但怎么运呢？用车拉，用牲口驮，他都不放心，就决定自己抱着花盆走。

他过去从没走过远路，这次又抱着花盆，走得很慢。这一天他只顾赶路，错过了宿处，看看天色已晚，前不挨村，后不着店，只得硬着头皮走。

走了大半夜，实在累得够呛，不小心绊着一块石头，扑通一声跌倒了，怀里的花盆摔得粉碎。

魏璞急忙爬起来，摸着牡丹大哭了起来。泪水顺着花心滴了进去。哭呀哭呀，他感到浑身无力，喉咙发痒，嘴巴发干，想想没有办法，为保着花儿不死，只好就地栽下。他用手往地上一摸，地湿漉漉的，心想：天助我也，此地正适宜栽花。他就用手在地上挖了个坑，把花栽上。

不一会儿天就亮了。魏璞感到腿有点疼，仔细一看，是被划了个大口子，再往地上一看，哪儿是湿润的土地，原来是他腿上流的血。再看那牡丹，竟扎下了根，吐出了新芽。

他对着牡丹祝告说："牡丹啊牡丹，你想住下吗？那我陪着你。"就拖着伤腿搭了个草棚，长期住下了。

度过了盛夏，迎来了金秋，送走了寒冬，草长莺飞的春天又来了。那牡丹在魏璞的精心护理下，舒叶了，含苞了，绽蕾了，怒放了。

　　啊，那花儿竟是紫红紫红，娇妍无比。人们都说是魏璞的鲜血滋润了这牡丹，所以它的花才变成了紫红色，因此人们就把这牡丹起名叫"魏紫"。至今，这洛阳的魏紫牡丹还名扬中外呢。

月月红

古时候，中原有一个鄢国，国王的王宫后面有一座御花园，里面长满了各种各样的花卉和珍贵的草药。离王宫不远处，有一座寺院，寺院里的老和尚为了配制仙丹，常到御花园来采药。

有一天，老和尚又到花园来采药，找到了一株很大的何首乌，心中好不高兴，急忙取出小铲，使劲挖了起来。不料挖到药根的时候，发现有一条小蚯蚓横卧在根旁，已经把何首乌的精华吸干了。

老和尚十分恼怒，便举起铲子把小蚯蚓拦腰截断了。狠心的老和尚走后，小蚯蚓疼得在地上滚来滚去，两截身子想往一块接，可怎么也接不上。

这天，八岁的小王子正在御花园里玩耍，忽然看见一个姑娘，浑身流血，在他眼前一闪就过去了。小王子心里奇怪，就跟在姑娘的后边追去。追到一片荒草地上，姑娘忽然不见了，只见一条遭难的小蚯蚓在地上挣扎。小王子很不忍心，就从自己的袍上扯下一根红丝线，把小蚯蚓的两截残体连接起来，然后把它埋到土里。

十年以后，小王子长大成人了。老国王身体不好，就让小王子继承了王位。老国王还准备给小王子成婚，命人到全国各地选了许多美女送到宫中，让小王子挑选。这些美女穿着绫罗绸缎，长得都像天仙般美丽，小王子见了却不动心。

最后送到宫中的是一位布衣姑娘，她虽然没有涂脂抹粉，却别有一番素雅秀美的风姿。小王子对她一见钟情，就选中了她。

成婚那天，老和尚前来贺喜。他见了美丽的娘娘，不由得心中一惊，认出这娘娘就是他刨药时砍伤过的小蚯蚓。

老和尚心中又恨又怕：恨的是当初小蚯蚓吸光了何首乌的灵气，仙丹没有配制成功；怕的是如今小蚯蚓当了娘娘，若在小国王面前说他的不是，小国王就会把他赶出寺院。老和尚就找了个空子悄悄对小国王说："陛下小心，娘娘不是世间凡人，乃是土中妖物所变。陛下若是不信，可趁夜间安寝时，看她腰间，有一条红印可以为证。"说罢扬长而去。

老和尚走后，小国王心中疑惑不定，晚上睡觉时，他偷偷看了看娘娘的腰，果然有一条红印。小国王十分害怕，第二天便把老和尚请到宫中，让他除妖。老和尚满口答应，并请小国王夜半三更到宫里观看。

原来，这美貌非凡的娘娘，正是当年的小蚯蚓变的。她常年在御花园里松土翻地，培育花草，累了就卧在何首乌的根下。因那株何首乌是一棵千年仙草，小蚯蚓伴它生长，得了灵气，苦心修炼，终于变成精灵。

她一心要报小王子的救命之恩，于是就趁小王子登基选娘娘之机，变成姑娘进了王宫。成亲那天，老和尚识破她真身时，她也认出老和尚就是当年残害过自己的仇人。这天，娘娘见老和尚又被请进宫来，心里就明白了。她想老和尚法力高强，只有和他斗智，才能破他法术。

娘娘打听到小国王为老和尚准备了一席素食斋饭、一个香案和一顶红色和尚帽。她便想出了一条妙计，派人在斋饭的素包子

馅里搅拌了些猪油，如果老和尚开了荤，法力就会失灵。她又派人在香案上，放了一炷勾魂香，这香点着后，烟雾中会现出一个美女，如果老和尚动了心，法力也会失灵。最后，娘娘用自己贴身穿的红内裤做了一顶和尚帽，悄悄地和小国王准备送给老和尚的那顶帽子调换了，如果老和尚戴了这顶帽子，他的法力就全完了。

到了吃斋饭的时候，小国王果然拿了一个拌猪油的素包子给老和尚。老和尚心中明白，接过来暗暗地藏到袍袖里，换了自带的素包子，大口大口地吃了起来。吃完斋饭，老和尚就到香案前去做法事。他从褡裢里取出一炷香，换掉了娘娘的勾魂香，口中念念有词，准备捉拿蚯蚓。

小国王等老和尚做完了法事，就亲手把和尚帽递到老和尚面前，谁知老和尚见了帽子，二话不说，用禅杖挑起就走。

娘娘见老和尚没有中计，心里着急了，她想老和尚要是从御花园后门出去扔了和尚帽，就破不了老和尚的法术，自己不但报答不了小国王的恩情，反而要被老和尚杀害。

想到这里，她急中生智，连忙跑到御花园门口，等老和尚走过时，吹起一阵清风，把禅杖上的红帽吹落到老和尚的头上。老和尚没有提防，气得大叫一声，急忙要甩掉帽子，但是已经晚了，他失去了法力，再也无能为力。

蚯蚓姑娘见大功告成，便又回到宫中，找到小国王，以实情相告。小国王听后恍然大悟，这才知道娘娘腰间的红印就是当年自己为小蚯蚓接身的红丝线。小国王喜爱蚯蚓姑娘勤劳善良、有情有义，决心和她白头偕老。

不久之后，在御花园里落下和尚帽的地方，长出一株花来，这花不分时令，月月开花月月红。娘娘亲自为它浇水松土，并且用花根为宫中的妇女治病，百治百灵。

现在，鄢国的御花园已经成为姚家花园，姚家花园的花农们家家都种有月月红。人们不但欣赏它那美丽的花容，还用它的根来治病。据说这就是蚯蚓姑娘传给大家的。

蔷 薇

　　一个山城郊外的山村里，有户姓常的人家，母女两人，相依为命。

　　这户人家的姑娘，名叫常媚，才十七岁。她一年到头采茶、打柴、种作、狩猎，养活自己和母亲。她经日晒雨打，脾气倔强，但生得很好看，乡亲们喜爱地称她为"野姑娘"。

　　这天，常媚姑娘在砍柴，一只山鸡在山坳飞过，常媚眼疾手快，随手拿起身旁的弓箭，嗖的一箭射去，山鸡应声落下。正在这个时候，山坳里也有一支箭飞来，射中了那只山鸡。当常媚赶去取山鸡时，树丛里冲出几个大汉，抢上来也要取这只山鸡。常媚姑娘哪里肯依，于是双方就争执起来。这时候，后面走来一个少爷，一见常媚姑娘，便眉开眼笑地说："姑娘，不必争这山鸡了。看，它身上是你一箭、我一箭，这是天赐良缘，你就嫁给我好了。"

　　常媚姑娘听了，柳眉倒竖，斥骂道："滚开，快滚开！"可是那少爷却死皮赖脸地说："不走，不走。见过多少牡丹、芍药，今朝我就是喜欢你这山茶花。——来呀！"一声吆喝，几个大汉就张牙舞爪来抢常媚。常媚奋力抵抗，但终因赤手空拳，寡不敌众，被抢走了。

　　那么这少爷是谁呢？他叫沈虎。仗着父亲在京城做官，他在山城里胡作非为，成了小霸王。他抢了常媚，便把她关在花楼上，派人在楼下日夜看管着，天天逼她成亲。常媚想：母亲在家死活不知，自己一个人在这里也是凶多吉少，总得想个办法逃出这牢笼啊！这日见沈虎又来逼婚，就告诉沈虎，如果天天这样关着，

她是永远也不从的。只要从今天起，让她能自由自在地走动，到花园去散散心，等她高兴了，就可成亲。沈虎就答应让她闲逛三天。

就这样，常媚姑娘来到花园里。她兜了两圈，一不看花木，二不赏景致，而是看围墙有多高。可是难呵！花园的墙，像城墙；花园的后门，像关隘。她忧忧悒悒地在花园里踱来踱去，蓦地看见马棚的柱子上挂着一串刺猬的皮，这是沈虎从打猎打来的刺猬身上剥下来的。她看了看，想了想，就伸手去把刺猬皮取下来，拿到楼上去。

第四天一早，沈府张灯结彩，忙着办喜事。到晚上，沈虎喝得半醉，送走客人，闯进了洞房。常媚姑娘把房门一关，呼的一下，吹灭了龙凤花烛。沈虎如饿鹰扑小鸡，一把抱住常媚姑娘，可是这一抱非同小可，沈虎哭喊着把手放开了。原来常媚姑娘穿着一件用刺猬皮做的背心，刺得沈虎哇哇直叫。就在这时候，常媚姑娘摆脱了沈虎，奔下楼，冲出大门。

沈虎被刺猬的刺针刺得身上、手上都是血。这一刺，倒刺得他酒也醒了。他恶狠狠地带着随从们，提灯拿刀，去追常媚姑娘。常媚姑娘逃呀逃呀，天上没有星星，没有月亮，黑咕隆咚的，她心慌意乱，不小心撞在山岩上，死了。

等沈虎赶到，一见常媚姑娘的尸体，气呵，刚要举刀砍去，常媚姑娘的尸体忽然不见了，山岩下却长出一株茁壮的无名花来。那娇艳的花朵，就像是常媚姑娘的鲜血染成的。

沈虎见了，恶狠狠地说："好啊！你就是变成花，我也不让你活着！"说着，把花梗一把捏住，要把它连根拔起来甩掉。谁知那沈虎又像杀猪一样地嘶叫起来，连忙把手放开了。为啥？原来那花梗上也有刺，刺得他手心血淋淋的。沈虎越想越恨，就用刀乱砍乱劈，把这株花劈死，才哭丧着脸回去。

但是这株无名花劈不光，砍不尽！天一亮，它长得更茂盛了。花儿越开越多，株条越发越旺，蔓生了一大片。乡亲们说，这是常媚姑娘的化身，她死了也要长刺，用刺来刺坏人。可是，就算有刺，乡亲们也喜欢它，把它移栽到家里去。因为常媚姑娘可怜地死了，变成了花草，乡亲们就把这种花叫作"蔷薇花"，也叫"野蔷薇"和"刺蔷薇"。

石 榴 花

汉武帝时候，张骞出使西域，住在安石国的宾馆里。宾馆门口有一株花红似火的小树，张骞非常喜爱，但从没见过，不知道是什么树。园丁告诉他是石榴树。

张骞一有空闲就要站在石榴树旁欣赏石榴花。后来，天旱了，石榴花叶日渐枯萎。

于是，张骞就担水浇那棵石榴树。石榴树在张骞的浇灌下，叶也返绿了，花也舒展了。

张骞在安石国办完公事，就要回国的那天夜里，正在屋里画从中原通往西域的地图。

忽见一个红衣绿裙的女子推门而入，飘飘然来到跟前，施了一礼说："听说您明天就要回国了，奴愿跟您同去中原。"

张骞大吃一惊，心想准是安石国哪位使女要跟他逃走，身在

异国，又身为汉使，怎可惹此是非？
于是疾言厉色地说："夜半私入，口
出不逊，出去出去，快些出去！"

那女子见张骞撵她，怯生生地
走了。

第二天，张骞回国时，安石国
赠金他不要，赠银他不收，单要宾
馆门口那棵石榴树。

他说："我们中原什么都有，就是没有石榴树，我想把宾馆
门口那棵石榴树起回去，移植中原，也好做个纪念。"

安石国国王答应了张骞的请求，就派人起出了那棵石榴树，
同满朝文武百官给张骞送行。

张骞一行人在回来的路上，不幸被匈奴人拦截，当杀出重围

时，却把那棵石榴树丢失了。

人马回到长安，汉武帝率领百官出城迎接。正在此时，忽听后边有一女子在喊："天朝使臣，叫奴赶得好苦啊！"

张骞回头看，正是在安石国宾馆里见过的那个女子，只见她披头散发，气喘吁吁，白玉般的脸蛋上挂着两行泪水。

张骞一阵惊异，忙说道："你为何不在安石国，要千里迢迢来追我？"

那女子垂泪说道："路途被劫，奴不愿离弃汉使，就一路追来，以报昔日浇灌活命之恩。"

她说罢"扑"地跪下，立刻不见了。就在她跪下去的地方，出现了一棵石榴树，叶绿欲滴，花红似火。

汉武帝和百官一见无不惊奇，张骞这才明白了是怎么回事，就给汉武帝讲述了在安石国浇灌石榴树的情景。汉武帝一听，非常喜悦，忙命花匠将石榴树刨土起出，移植御花园中。

从此，中原就有了石榴树。

黄　梅

　　古时候，有一个小国叫鄢国，国都就在现在鄢陵县城西十五里的地方。那儿地势平坦，树木葱茏，花草繁茂，风光优美。国王在那里建了王宫，又在城内修了一座御花园，把从各地搜罗来的奇花异卉栽培在花园里，供他游玩观赏。

　　在这许多花卉里，国王最喜爱黄梅（现在也叫蜡梅）。每逢寒冬腊月，别的花都凋零了，只有黄梅怒放在冰天雪地里，满树的黄花玲珑小巧，好像点点碎金。国王越看越喜爱。

　　美中不足的是，黄梅虽然好看耐寒，却没有香气，所以国王很烦恼。他下了一道圣旨，要御花园里的花匠想办法使黄梅吐香。明年冬天，如果黄梅还不吐香，他就要把这些花匠全都杀光。

　　花匠们接到圣旨后，心里都很焦急，怎样才能使黄梅吐香呢？他们想来想去，谁也没有办法。

冬天来了，鹅毛大雪下个不停，黄梅树上吐出了密密匝匝的金黄色小花苞。一旦黄梅开花，国王就要来赏花，黄梅不吐香，花匠们就要被杀光。

　　这天，已是黄昏时分了，大家正在发愁，忽然听到花园门口传来一阵吵闹声，走出去一看，原来是花园的看守在和一个要饭的叫花子吵架。

　　那叫花子衣衫褴褛，又脏又臭，一手拿着几枝臭梅，一手拿着要饭罐，硬要往御花园里走。看守不准他进去，他哈哈大笑说：

"莫笑老姚身上脏，御花园里花不香……"他边说边往里走，看守操起棍子，朝他劈头盖脸地打去。花匠们看不过去，急忙上前阻拦，并且纷纷掏出身上的钱送给老姚，说："这里不是你停留的地方，快快走吧！"

老姚接过钱，放进了要饭罐，然后把那几枝臭梅送给大家，说："谢谢老哥们的好意，我没啥东西报答你们，这几枝臭梅就留给你们吧！别看它臭，它跟你们御花园里的黄梅还有不解之缘哩！"

花匠们急忙接过臭梅，果然有一股奇特的臭味钻进了他们的鼻子。这花的形状与黄梅几乎一样，只是带有臭味。一个花匠说："咱这黄梅不香，就够麻烦的了，还要这臭梅干啥，快扔了吧！"

众花匠一听，不知如何是好，还想向叫花子老姚请教，谁知老姚已经不知去向了。此时，大家都觉得衣兜沉甸甸的，摸了摸，原来给老姚的钱又都回到自己的衣兜里了。花匠们这才醒悟，老姚是前来拯救大家的神仙。

花匠中有个聪明人也姓姚，他说："既然老姚说黄梅和臭梅有不解之缘，咱就把这臭梅接到黄梅树上试试吧！"大家觉得有理，就把臭梅接到了黄梅树上，裹上泥巴用麻绳缠好。

几天过去了，星星点点的黄梅花苞都绽开了。国王听说黄梅花开，便带领着文武大臣到御花园来观花赏景。

一进御花园，只见遍地白雪皑皑，满树黄梅怒放，园中幽香四溢，沁人心脾。国王心里很高兴，就重赏了花匠。有人把那老姚的事禀明，国王听后，立即下了一道诏书，把民间姓姚的花匠都召到御花园里当花匠。

后来，斗转星移，鄢国被郑国灭了，王宫变为一片废墟，只有御花园留了下来。

因花匠都姓姚，世代子孙繁衍，这里成了一个村庄，家家户户都种花草，所以这个村庄就叫姚家花园。

又因香黄梅是姚家花园培育出来的，所以有"姚家黄梅冠天下"之说。

秋　海　棠

东海边有个古镇，镇上有个水路通商的活码头，海船往返，客商云集，好不热闹。

这古镇，每户人家都喜欢种花、赏花。殷富的，有花园；清贫的，也在屋前、屋后种些花。有些人就以种花、卖花为业。一些客商也喜欢把古镇的花卉带到海外去做买卖。

古镇里有个人叫贵棠，家有娘子、孩子和老母亲，日子过得很贫困。他的娘子除了帮助种花，还能剪花样卖。她见过什么花，就能剪什么花，而且一剪就像。左邻右舍都夸她的手艺巧。这天，她在街头卖花样，一个海外来的客商对她说："大嫂啊，你剪的花好是好，可惜是平的，如果能用色纸、彩绢做成花，我可以带到海外去卖，给你好价钱哪！"

贵棠娘子听了客商的话，高兴地说："我做做看，要是好，你就买。"

贵棠娘子回家去，就日日夜夜做起纸花、绢花来啦。做啊做，做了一篮各式各样好看的纸花和绢花，五颜六色，巧夺天工。这天，贵棠娘子拎着花篮，找到那个客商。客商一见纸花、绢花，喜得拍手叫好，当场付了钱，把一篮纸花、绢花都买下了。

贵棠娘子掐掐指头算算，做花比种花赚钱，从此她就做纸花、绢花卖。别的人也学着做，古镇人除了种花出名，做纸花、绢花也出名了。

可是，贵棠夫妻虽然能种花、做花，但要养活一家四口，日子过得还是很艰难。这天贵棠对娘子说："娘子啊，听说你做的纸花、绢花，在海外卖得起钱。我想自己拿到海外去卖，让我们的日子过得好一些！"

娘子眼圈儿一红，舍不得丈夫到海外去做买卖；但为了以后的日子，只好点头答应。

贵棠娘子做了一批纸花、绢花。菊花开的时候，贵棠就搭便船出海去了。

正月梅花，二月杏花，都开过了；七月鸡冠，八月桂花，也开花啦！贵棠去年菊花开的时候去，今年菊花开的时候还没回来！是病了回不来，还是没钱难回家？是死还是生，谁能知道呵！

盼啊盼，信息终于传来，贵棠在海外贫病交加，早就死了。可是贵棠娘子还是半信半疑，想丈夫能活着回来。她每天痴痴地倚在北窗窗沿上，朝海里望，悲悲切切，恍恍惚惚。她望穿秋水郎不归，洒尽眼泪哭断肠。

花神怜悯贵棠娘子，把她洒落在北窗下土里的泪水化出一棵草，草叶儿正面绿色，背面红色；开着的小花，像点点泪花，

又像贵棠娘子做的鲜艳、浑厚的绢花，既稀奇，又好看。这是花神让贵棠娘子种出这种奇异的花儿，好卖了过日子，也是让贵棠娘子每天看看这花儿，寄托对丈夫的哀思哪！

后来，这种花旺发了一大片。人们说贵棠死得可怜，他是秋天出海的，这花又是秋天开的，就叫它"秋海棠"，用以纪念他；还说这花儿是贵棠娘子哭贵棠哭出来的，所以也把它叫作"断肠花"。

梅 兰

明武宗正德皇帝游览江南，沿途搜掳民间美女和各种珍宝，所到之处，百姓无不怨声载道，恨之入骨。

那时候，兰溪两岸的兰荫山上出产名贵兰花。正德皇帝慕名来到兰溪，心想选几株绝品，带回皇宫里去。

正德皇帝要上兰荫山选兰花的消息，被兰荫寺里的住持和尚知道了。他心中很着急。为啥呢？只因兰荫山上有一株罕见的梅兰，花如蜡梅，异香四溢。这株梅兰，很可能被皇帝选走。

真是急中生智，兰荫寺的住持和尚很快地想出一个好主意。他将那株梅兰从土中挖出，把它移栽在一只小香炉里，又用一条很长的绳子缚住那只小香炉，然后端到山上一口很深的古井旁，手提绳子，缓缓地将小香炉垂放到井底。

住持和尚刚刚将梅兰隐藏好，正德皇帝已经在一班侍臣的前呼后拥之下进了山门。在兰荫寺里歇了一会儿之后，正德皇帝便命众侍臣上山去选兰花。

可是，山上的兰花繁多，幽香扑鼻，弄得那些选花的侍臣眼忙手乱，辨不清兰花是好是次。他们挑来选去，不得不单凭各人的眼光选定几株，以便回兰荫寺去向皇上交差。

正德皇帝把众侍臣选来的各种兰花一一过目，都觉得不太中意。正在这时，突然有一股浓郁的香味从山上飘进兰荫寺来。正德皇帝翘起鼻子深深地吸了吸香气，立即令众侍臣快快顺着这股香味，去把兰花寻来。于是众侍臣又离开兰荫寺，赶紧去追香寻花。

那么，这股奇异的花香究竟是从何处传来的呢？原来，隐藏在井底的那株梅兰，异香喷薄，溢出井口，向四面飘散。那班侍臣便顺着这股异香，一个个伸颈吸鼻，如同猫儿寻腥一般，一齐走

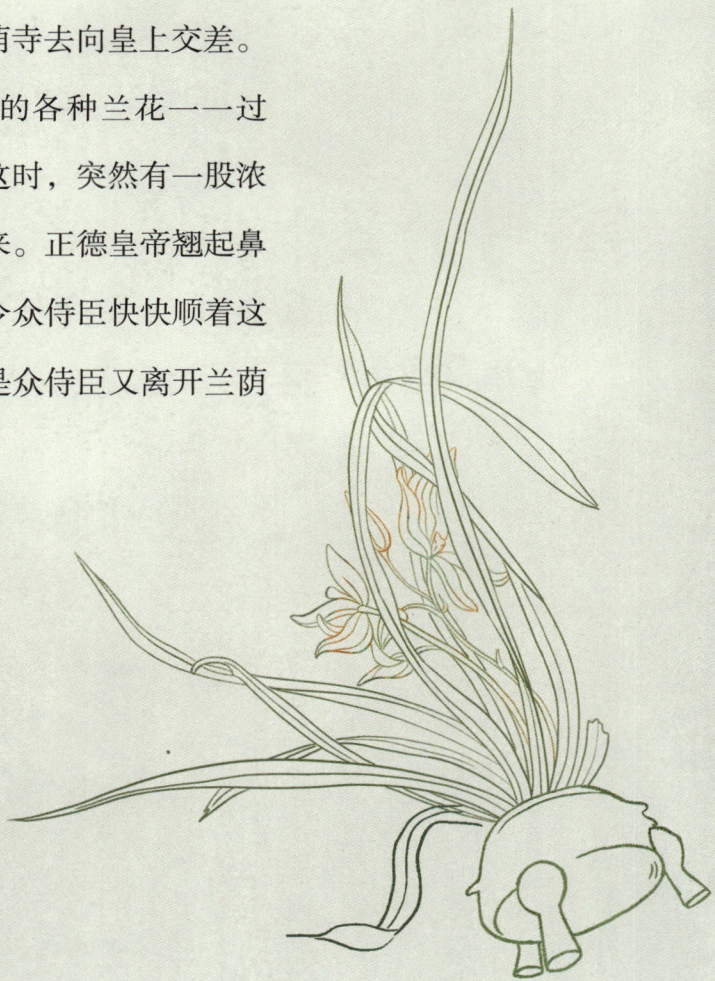

向古井。有个侍臣往井里一看，见井中有截绳子露在外面，便毛手毛脚地将它往上一拽。只听井中哗啦一声，紧接着，一只缚在绳端的小香炉，被拽出井口，里面连泥巴都没有，似乎香气都是从小香炉里发出来的。于是他们带着那只小香炉，一齐回到兰荫寺，把一切经过向皇上奏明。

皇上端起那只小香炉，翻过来，覆过去，细细地端详了一番，也没发现什么奇特之处。他想了一想，便宣召住持老和尚，盘问这只小香炉的底细。

住持灵机一动，答道："用这小香炉取井中泉水一喝，便可使人的双目明亮。"正德皇帝信以为真，立即命内侍去那井中提回一香炉的井水，他自己先喝，再叫众侍臣轮流喝。由于泉水格外清凉，初喝一口，果然使人有明目的感觉。众人喝完泉水，叫好声不绝。

但是，正德皇帝对于兰荫山上那口古井能喷溢异香，心中大为惊疑，便命内侍取来文房四宝，准备题写"兰荫深处有奇香"七字。谁知当他写下"兰荫深处"四个字时，突然感到头晕目眩，腹中疼痛。你道为何？原来刚才喝了井水，冷热相冲，感染了风寒。众侍臣也一个个捧腹弯腰，叫苦不迭。正德皇帝见此情景，心中大为不悦。一怒之下，将手中那支毛笔一甩，只写了半句就不再往下写了，故而兰荫山石壁上刻有"兰荫深处"四字，这题字至今还留存着。

正德皇帝十分扫兴，闷闷不乐地带领众侍臣走了。这兰荫寺的住持却满面笑容，念起了"阿弥陀佛"。他庆幸那株珍贵的梅兰未被皇帝搜去。于是，他召集兰荫寺所有的和尚，共同商议打捞梅兰之事。

可是，事与愿违。他们也不知花了几天几夜的工夫，把一切打捞的办法都用尽了，那株珍贵的梅兰却不见了踪影。

据光绪十三年（1887）修的《兰溪县志》上记载："兰荫山多兰蕙。今兰荫山不见生兰蕙，而春时登蹑（niè），往往有香气惹人，咸以为异。"这大概就是指失传的"梅兰"了。

月中桂子

　　有一年的中秋节夜里，圆圆的月亮挂在天上，照得满世界都是晶亮晶亮的。

　　半夜时分，杭州灵隐寺里的烧火和尚德明起身到厨房去烧粥，听见了一阵滴滴答答的声音。他觉得很奇怪，望着窗外，月亮明晃晃的，哪来的雨声呢？

　　于是他就开门出去，抬起头望，只见有无数珍珠般的小颗粒儿，从月亮里纷纷洒落下来，掉在寺边的山峰上。他看着看着，等那小颗粒儿落完了，就爬上山峰去寻找。

　　寻一粒，拾一粒，寻一粒，拾一粒……那小颗粒儿都饱饱胀胀如黄豆那么大，五颜六色的，真好看哩。他拾呀拾呀，从半夜拾到大天亮，拾了满满的一大兜。

　　第二天清早，德明和尚把夜里拾来的那些小颗粒儿拿去给智一老和尚看，问他这是什么东西。

　　智一老和尚细细看了一会，说道："月宫里有一株大桂树，还有个莽汉子叫吴刚。他一年到头砍这株桂树，但总是砍不断。有时使的劲过大了，就会把桂子震落下来。说不定这就是月宫中落下的桂子呢！"

　　德明和尚听了很高兴，说道："师父，我们把它种起来，让大家见识见识月宫里的桂树，闻闻月宫里的桂花香吧。"

　　于是，他们师徒俩就把那些五颜六色的小颗粒儿种在寺前寺后的山坡上。过了十天，居然发出了嫩芽；过了一个月，嫩芽又长成一尺多高的小树苗，抽出了翠绿翠绿的叶子。

　　这月宫里的桂树，长得可真快哩！

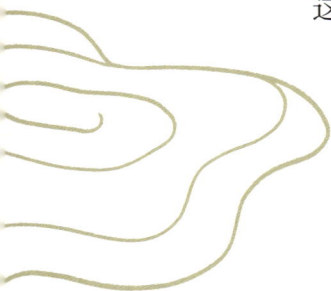

一月长一尺，一年高一丈。到第二年的中秋节，就长得又高又大。每棵树上都密密麻麻地开满了小花朵儿，有橙黄的，有净白的，有绯红的，样样颜色都有。德明和尚就按照桂花的不同颜色，分别把它们叫作金桂、银桂、丹桂……从这时候起，西湖四周就有各种各样的桂花了。

　　现在，灵隐寺旁边有一个山峰，叫作"月桂峰"，传说就是当年月宫落下桂子的地方。

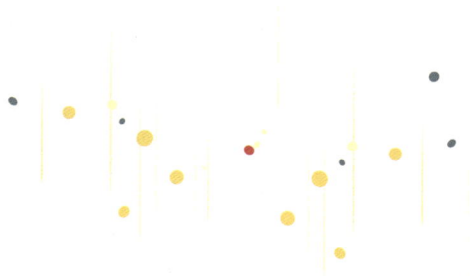

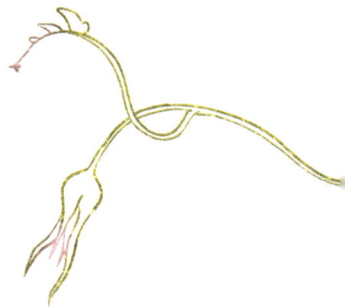

牵 牛 花

伏牛山中有座金牛山，金牛山下住着一对双生姐妹。她们家里很穷，无牛耕地，每天只在山前山后刨地种庄稼。

一天，姐妹二人正在刨地，天将黄昏的时候，忽然刨出个白光闪闪的银喇叭来。

这时，旁边走来个白须白发的老人，笑眯眯地说："这座金牛山，里边有一百头金牛，这只银喇叭就是开这金牛山的钥匙。倘若夜间听到这金牛山里呼啦啦发响，必然射出一道金光，金光出处就是山眼。把这银喇叭插进山眼里，口念：'金牛山，呼啦啦，开山要我这银喇叭。'念三遍，山眼就会变大，人可进去，抱出一头金牛，一辈子吃喝不完。这钥匙是千年一现，当夜灵验，天一明就不起作用了。记着，这银喇叭千万不能吹，倘若吹响，金牛就会变成活牛，冲出山口，四下乱跑。"

那老人说罢转眼不见了。双生姐妹方知遇仙了，心里非常欢喜，商量着如何开山抱金牛。

姐姐说："银喇叭能开金牛山，咱俩腿脚放快些，把那一百头金牛全抱出来，分给穷乡亲。"

妹妹说："金牛虽好不当饭。黄灿灿的金，白亮亮的银，只有富人当性命。还不如开开金牛山，吹响银喇叭，让那些金牛变成活牛，送给乡亲们好耕田。"

姐姐也赞成妹妹的主意。于是，姐妹俩走村串庄给乡亲们交代，夜里啥时听见喇叭响，啥时去金牛山牵牛。

那天夜里，不见星，不见月，山前山后漆黑一团，姐姐拉着妹妹的手绕着金牛山转了转，听了听，静悄悄的，没有一点动静。二更、三更、四更过去了，姐妹二人继续绕山转，一直到五更时，忽听山内呼啦啦响，山北坡放出一束金光。姐妹俩连忙跑去，只见那放金光的山眼只有指头粗。

顺着山眼向里看，看见里面有一张金方桌，方桌上放着一排排馒头大的小金牛，闪闪放着金光。

妹妹忙把银喇叭插进山眼，姐姐忙念："金牛山，呼啦啦，开山要我这银喇叭。"姐姐念，妹妹插，山眼慢慢地变大了。姐

姐闪身进去，双
手抱着喇叭吹了起来，
妹妹也跟着进去了。

随着喇叭声响，金桌上的
金牛一头一头都活了，从桌上站了起
来，伸伸腿，抖抖毛，蹦下桌子，忽地变
成了大牛，顺着山眼向外冲。

当最后一头牛的脖子伸出山眼时，东方已经微
明，山眼慢慢闭合了。双生姐妹怕那头牛卡在山眼里，便用力推
着牛屁股，只是总推不动。

乡亲们听见喇叭响，向金牛山赶来。只见一群金闪闪的大黄
牛满山跑，人们欢笑着围捉黄牛，感激好心的双生姐妹。可双生
姐妹却不见了。

人们急忙向山眼走来，只见山眼中卡着一头牛。大家有的扳
牛角，有的抱牛头，使劲往外拽，拽呀拽呀，只是拽不出。后来，
人们给那头牛安上了鼻圈，鼻圈上拴上一条长绳，牵着绳齐心往

外拉。那头牛鼻子被牵痛了，发性子，四蹄用力蹬地，哞的一声，一使劲蹿了出来。

山眼随即合拢，双生姐妹被关在里面了。

天亮了，日出了，山眼中的那只银喇叭，经朝阳一照变成了一朵喇叭花。后来，乡亲们为了纪念双生姐妹，就把这喇叭花叫作"牵牛花"。

鸡 冠 花

从前，伏牛山里有个蜈蚣岭，岭下住着一户姓张的人家。老头早年下世，只剩母子二人相依为命。看看儿子长到二十七八岁，还未定下亲事，母亲十分焦急。

一天，儿子双喜到山上砍柴，回来时，天色已晚，朦胧的月光照着山坡、小径。忽然，前边传来一个女子的哭声，双喜放下柴担，上前一看，原来是一个十七八岁的美貌姑娘，坐在路边石头上啼哭。双喜想着天色这么晚了，这姑娘还坐在这儿，必是有什么为难之事，忙走过去问。

那姑娘止住哭，看看双喜说："我爹妈给我找了个婆家，拿了人家很多东西，没过门女婿就死了。我去给他吊丧，回来在这儿迷了路，你行行好，救救我吧。"

双喜是个老实人，就把那姑娘领回家了。他妈见儿子领回来一个姑娘，那姑娘还羞答答地直喊妈，喜得不知说啥好。

第二天，那姑娘早早起来，梳洗完毕，正要到厨房去帮婆婆做饭，不料身后一只大红老公鸡，颈毛倒竖，"咯咯"叫着朝她扑来。她吓了一跳，急忙躲在婆婆身后。双喜拿起棍子朝公鸡狠狠打去，那公鸡扑棱一下飞跑了。

姑娘就这样生了病，双喜和他妈急得不知咋办才好，一天要问好几遍。那姑娘眉头皱一皱，就说："我想喝点鸡汤。"母子俩听说，一个忙着逮鸡，一个忙着烧水，谁知那公鸡又跑又飞，瞅着那姑娘的屋子叫。双喜气了，一坷垃砸在老公鸡身上。老公鸡在地上扑棱了几下，又挣扎着向后山跑去。

老公鸡飞走了，再也没有回来，那姑娘的病也慢慢好了。

一天晚上，老太太去给她送麦仁汤，刚撩起门帘，见一只大蜈蚣躺在床上，吓得哎呀一声，一屁股跌坐在地上，碗也打了。那蜈蚣听见响动，翻了个身，又

变成那姑娘模样，从床上跳下来。

就在这时，双喜回来了，那姑娘怕老太太暴露她的原形，就想法子要把老太太逼走。她就势往地上一坐，哭了起来，边哭边说："哎呀，当媳妇怎么这么难哪！一句话说得不对，就把碗摔了，往后叫我咋过呀！"说完装模作样地就要走。双喜急忙拦着，左劝右劝才算不闹了。

老太太一夜没敢睡，第二天，瞅个空把双喜叫到自己屋里，把夜里的事一五一十说了一遍。正说间，那姑娘回来了，进屋就知道事情已经败露，眼珠子一转，计上心来。她对双喜说："我知道你妈嫌弃我，在说我的坏话，我也不叫你作难。"说罢，装着要跳河，哭哭啼啼地往外跑。

双喜舍不下这个会撒娇弄情的女人，急忙一把拉住。那姑娘说："我这个人啥都交给你了，到头来落到这个地步！"说着假意往外挣。双喜气得指指他妈："唉，你呀……"那姑娘见双喜不信他妈的话，就逼着他说："你妈待你好还是我待你好？谁能跟你过一辈子，到底要谁你说吧！"双喜忙说："要你，要你。"老太太见儿子被迷了心窍，便哭着走了。

又过了几天，那女人对双喜说："我出来这么多天了，今晚想回去看看，你送我一程中不中？”双喜连忙说："中，中！"喝罢汤，他俩一块向岭上走去。

原来那蜈蚣精就是在这岭西的一个山洞里成精的，它经常变成美女，迷惑年轻人，然后再把人弄死，吃人脑子。蜈蚣精就是靠吃年轻人的脑子成精的，好多年轻人上当受骗，死在它手里。老太太在时，整天不离它左右，使它不敢轻易下手，所以它就千方百计把老太太逼走。

这时，他们来到岭上，看看四下无人，那蜈蚣精就对双喜喷出一股毒火。双喜只觉得头一晕，一跟斗摔倒在地上。

蜈蚣精正要下手，只听"咯咯咯"几声，那大红老公鸡不知从何处来，张开一张尖嘴，对着蜈蚣精就啄。蜈蚣精就地一滚，现了原形，张牙舞爪，迎了上来。它们一来一往搏斗，从岭上到岭下，又从岭下到岭上，一直斗到天快明时，老公鸡才在蜈蚣精头上啄了个洞。蜈蚣精翻滚了几下死了。可是老公鸡也倒在地上累死了。

天明，双喜醒来，见身边死了一条大蜈蚣、一只大红老公鸡，这才明白过来为啥那女人见老公鸡吓出一场病。他把老公鸡埋在山顶上，痛哭了一场。

后来，在埋老公鸡的地方长出了一株花，那花跟鸡冠一模一样，远看就像一只红公鸡昂首挺胸站在那里。人们都说是大红公鸡变的，就给那花起名叫"鸡冠花"，把"蜈蚣岭"也改成了"金鸡岭"。

据说，直到现在，凡是有鸡冠花的地方，就没有蜈蚣。

喜鹊是囍鸟

喜鹊是"囍"鸟，它象征着夫妻生活美满和幸福。按照我们古老的民族习惯，男女青年的婚事，一般都选在腊月办。"春种、夏耘、秋收、冬藏"，一年的庄稼收获进仓了，年猪杀了，腊腌有了，窗台上插上梅花，姑娘就欢欢喜喜地打扮做新娘。

传说，天地间的第一对喜鹊鸟儿，也是在腊月出生的。出生时，正是"子时天黑"，伸手不见五指，所以它全身染了黑色。那时候，万木凋零，即使有常青树，大多也无花朵。它选来选去，选中蜡梅，因为蜡梅不仅开着漂亮的小黄花，而且香气四溢。人们看到喜鹊登上蜡梅枝，并不认识它，就把它叫作"黑鸟"，或称"鸦翅"（因为它的样子跟乌鸦差不多）。

腊月农闲，老年人盘算着如何过年，青年有了约会的时间。姑娘们要折梅花装饰自己的屋子，折梅花插到发辫上或胸前，这

样就惊动了"黑鸟"。它误会了姑娘们的意思，以为姑娘们是来破坏它的栖身地，又是跳，又是叫。姑娘们采了梅花走了，它还跟在后面飞着噪着，表达不满。渐渐地，它发现姑娘们并不是来破坏它们的住地，而是采几枝梅花，去美化她们的住处，办她们的喜事，于是，变抗议为欢迎。

有时，姑娘们不来采折梅花，它反而感到冷清，就主动地飞到姑娘们的窗口，跳上窗台，喳喳地喊姑娘们。姑娘们一出来，它就飞回枝头，用两只眼喜滋滋地瞅着姑娘们攀折梅花。姑娘们心情舒畅，它也欢乐地从这个枝头跳到那个枝头，喳喳地歌唱着，向她们表示祝贺。

这样，"喜鹊登枝"就成了男女爱情的美好象征。

人们嫌"黑鸟"的名字不好听，就给它重新起名。因为它爱在腊月登枝，就取"腊"字的半边，配上鸟，称它为"鹊"；又因为它在人们有喜事时，叫得最起劲、最动听，于是就叫它"喜鹊"。

喜鹊，喜鹊，它是人们喜爱的一种吉

祥鸟。它受到人们的欢迎，得到人们的赞扬。

后来，赞扬声越来越多了，喜鹊心里很不安，总觉得少听一些赞扬声比较好，于是纷纷离开低矮的蜡梅枝头，搬到很高很高的树枝上去栖宿。

但它仍旧怀念着大家，凡是碰到人们有喜事，它总会兴致勃勃地飞来，向人们喳喳地叫着，以表示祝贺。

黄鸟画眉

　　在百鸟之中，有一种黄褐色的小鸟，它不但歌喉婉转动听，而且眼睛和眉毛出奇地秀美，它叫"画眉鸟"，据说还是西施给它取的名呢。

　　在德清县境内的蠡山脚下，有座小石桥，桥附近的一个草庐，相传是范蠡和西施隐居过的地方。那时候，吴国已经灭亡。范蠡和西施为了避免被越王勾践杀害，一个化名为"陶朱公"，一个改扮成商人妇，

到处流迁，后来辗转到蠡山暂住。

蠡山马回岭西坡下有条小河，河水清澈。为了排解隐居生活中的寂寞，范蠡亲自动手，在小河上铺了一座小石桥。石桥铺好后，不但行走方便，空下来还可在桥上溜达散心。

有一次，西施向桥下望去，只见自己的身影清清楚楚地映在水中，花容月貌仍如当年，心里十分高兴。从此以后，她每天清晨和傍晚都来到石桥上，借着水面照影，拿黛笔画眉，把两条眉毛画得格外好看。范蠡见了打趣说："我造了这桥，原来是给你画眉毛用的。"西施听了笑着说："正是如此。"于是这小石桥就叫"画眉桥"。

这天，有一群黄褐色的小鸟飞过画眉桥，它们见西施在画眉毛，觉得很新奇，就在桥边竹子上停下来，看西施画眉。看着看着，见西施的容貌越画越好看，于是呖呖地欢唱起来，也互相用尖喙画对方的眉毛，画啊理呀，理呀画啊，居然也画出秀丽的眉毛来了。

西施画好眉毛，起身要回草庐，抬头忽见鸟儿们在竹子上学她画眉毛，觉得很有趣，开口说："你们也在画眉呀？"

那群小鸟发现秘密被人识破，不好意思地飞走了。可是到了第二天，西施在桥上照影梳妆画眉时，它们又来学西施画眉了。

范蠡见西施画眉时，总有一群小鸟伴着她，西施一到桥上，它们就来了；西施一走，它们也飞走了，心里很奇怪。

　　这天，西施正在桥上向水面照影，范蠡便走过去问道："这群小鸟，似乎和你结下不解之缘，不知叫什么鸟。"

　　西施说："你没有看见吗？我画眉，它们也画眉，你说有趣不有趣？不管什么鸟，我们就叫它'画眉'吧！"

　　由于西施这么一说，后来人们就把这种鸟叫"画眉"了。

凤凰躲上天

古时候，凤凰和公鸡是一对好朋友，凤凰为哥，公鸡为弟。它们的长相差不多，都有一身好看的羽毛，但比起孔雀来，公鸡还差一大截。它们的翅膀没有长力，只能飞上屋，不能飞上天。

那一年，天帝要选十二生肖，各种各样的禽畜鸟兽，都一齐奔赴西天。因为公鸡决心大，路上从不贪闲，连走带飞，结果夺得了第十名，排上"酉"字位。

天帝一看名单，嘿，这么多的飞鸟，白长了轻巧的翅膀，却被笨重的公鸡争光了。他便称赞公鸡道："上天也不难，只在有心者！好公鸡，我今天要赐你锦衣一件，从此上天落地，就可自由地飞翔了！"说完马上命织女到内库拿来一件五彩缤纷的羽衣，给公鸡披上。就这样，公鸡不但能行空万里，而且比孔雀还要漂亮万倍。

公鸡穿着金光耀眼的彩衣，从天宫飞回人间，马上去找凤凰。凤凰见了大吃一惊，心想：它如今从西天衣锦归来，身价百倍，我该怎样称呼它呢？然而公鸡依然和过去一样，亲亲热热地叫凤凰哥哥。

自此以后，年年百鸟竞美节，公鸡都要飞到天上去，参加百鸟为它举行的盛大舞会，大家尊它为"百鸟之王"。

公鸡从天上回来以后，总是先去找它的凤哥哥，向凤哥哥讲述百鸟节中碰到的有趣事情。凤凰听了，心里十分羡慕。

又一年的百鸟节到了。凤凰向公鸡恳求："弟呀，年年百鸟节，你都飞到天上去，只留我孤单单在这里，真不好受！好弟弟，今年百鸟节，你那漂亮的彩衣借我用一用，让我也到天上去快乐一番！"

公鸡见凤凰要借自己心爱的彩衣，心里不大愿意，但想想大家是多年的好朋友，也不好推却。于是讲定只借一次，在天亮以前归还。

就这样，公鸡脱下美丽的彩衣，给凤凰披上。凤凰也脱下自己的羽衣，给公鸡披上。然后凤凰就辞别公鸡，一张翅膀，扶摇直上，一下就飞到天上去了。

在百鸟节的盛会上，凤凰展开那美丽的翅膀，金光闪耀，翩翩起舞。百鸟都为它伴舞，为它歌唱。这一场面，让凤凰感到十分满足，特别得意。等盛会散了后，凤凰忽然想到身上这彩衣是借来的，不是自己的，如果还给公鸡，就将立刻失去美丽和荣誉。它这样一想，就起了贪心。

这天后半夜，公鸡等在草蓬脚跟，左等凤凰不来，右等凤凰不来。

它便走到篱笆边，向天空望望，见天快亮了，还是不见凤凰回来，心里十分着急，于是昂起脖子，向天空高叫："凤哥哥，还我哪！凤哥哥，还我哪！"

凤凰在天上听见了，知道公鸡在向它讨还彩衣。它便装聋作哑，任公鸡怎样声嘶力竭地叫喊，只当没有听见。

天亮了，公鸡见叫不回凤凰，就慢慢停止了啼声。但一到第二天天快亮的时候，它又想起了凤凰的诺言，于是伸长脖子又向天空高叫："凤哥哥，还我哪！凤哥哥，还我哪！"——年年月月，都是如此。

凤凰从公鸡那儿骗来了五彩缤纷的羽衣，虽然成为世界上最美丽的飞鸟，但由于它做了亏心事，没有脸皮再见公鸡，只好永远躲在天上。正因为这样，人间就再也见不到它的踪影了。

"各工，各工"

"各工，各工——""苦啊！苦啊！"

江南一带，每当夏至一到，田稻开始抽穗扬花，田坂里到处可以听到这种单调而重复的鸟叫声。这种鸟，叫"各工"。因为它全身灰褐色，形状很像家鸡，不善飞行，常在稻田里下蛋，所以也称"稻鸡"；不过乡村里还是喜欢叫它"各工"鸟，这是有原因的。

据说从前有个农民，排行第十，人们都叫他"老十侬"，他有九个哥哥。爸妈在世的时候，一家人的活都由阿爸安排，做起来有条有理：老大看田水，老二掌犁耙（bà），老三、老四耥（tāng）田、下种，老五、老六砍柴、舂（chōng）米，老七、老八放牛、割草，老九挑水。一到插秧、割稻，大家一齐动手。老十侬呢，因为年纪小，爸妈过于疼爱，自己又不愿多下田，因此养成贪闲的坏习惯。

春种秋收，年复一年，后来爸妈年老得病，双双去世了。临死，爸妈一再嘱咐："家业兴，靠辛勤。树大分权，千枝万叶不离根；人大分家，兄帮弟学不离心！"

爸妈死后，老十侬怕哥哥们管束，日子过得不惬意，吵着要分家。哥哥们没法，走拢来一商量，便分家了。这一来，老十侬越加懒散了。田里农活他不会，又不肯向哥哥们学。哥哥们起早落夜忙得要命，他却是坐坐吃吃嬉嬉。

清明到了，九兄弟来约老十侬去下种。他还躺在床铺上，懒洋洋地说："早哩，各干各的工吧！"

立夏到了，九兄弟来约老十侬去插秧。他正在吃点心，慢吞吞地说："早哩，我正下种哩，各干各的工吧！"

到了夏至，九兄弟田里的稻都抽穗了，老十侬还在耘田。

过了小暑，九兄弟因为不误农时，稻子长得真喜人！老十侬呢？田里稻秆稀稀拉拉，横三倒四，稗（bài）草倒有半人高！老十侬急得放声哭喊起来："各干各的工，苦啊！各工苦啊！"这时，他才埋怨起自己来了。

立秋到来，九兄弟开镰割稻了，金黄的谷子，一担担地挑回家来。老十侬看在眼里，悔在心里，他连一畚（běn）斗谷子也收不到手啊！

收割完了，九兄弟空了，想起老十侬，都来看望他，可老十侬想到爸妈临终时的嘱咐，没有脸面见自己的哥哥们。他躲在屋

里闩上门，一连饿了几天，便饿死了。

老十侬死后，变成一只鸟。一到夏至，它就飞到田野里叫：
"各工，各工——苦啊！苦啊！"好像在忏悔自己的过错，又好
像在提醒人们：千万勿学老十侬的样，误了农时……

风吹抖抖鸟

世界上的鸟类，据说有好几千种。在浙南的山里，有一种像小黄莺似的小鸟，经常叫着"风吹——抖抖！风吹——抖抖！"声音清脆悦耳，山里人把它叫作"风吹抖抖鸟"。据说，这鸟还有个来历呢！

相传在很早以前，山坳里有个老妈妈，她会捻麻丝、织麻布，手艺很好，大家都向她学。她的丈夫早就死了，只有一个独养女儿，名叫妞妞，生得秀丽、机灵，老妈妈把她当宝贝呀。

老妈妈一门心思要把粗细活儿教给女儿妞妞。妞妞的小嘴巴就像百灵鸟，叽里呱啦很会说哩。老妈妈刚教她做事，她就说："会啦，知道啦！"因此，老妈妈有时也不大高兴。

这年春天，老妈妈一病不起，很快就死了。妞妞这时才十四岁，粗细活儿就都得做。可是她这个不大懂，那个不大会，难呵！有一天，她搬出阿妈的"绩空"①，要把那麻丝卷在筒上好织麻布。但妞妞不细心，把麻丝弄乱了，怎么也拉不出来，急得她哭哩。正在这个时候，飞来一群小鸟，停在窗外的树枝上，朝着妞妞叫："风吹——抖抖！风吹——抖抖！"

一听小鸟的叫声，妞妞想起来啦，阿妈在世的时候经常教自己："麻丝乱了不要急，

---

①绩空：篾（miè）丝编制的盛放麻丝用的器具，形似矮圆桶。

风吹抖抖能解结。"自己怎么忘记了呢？

于是，她就把乱麻丝轻轻地拿起来，张着小嘴轻轻地吹吹风，再把乱麻丝轻轻地抖抖。就这样，吹吹抖抖，吹吹抖抖，乱麻丝就真的散开了。她理出了一个头，把麻丝抽出来，卷在筒上。

妞妞这才知道，不懂装懂、不专心学活儿不好。从此，她就真心实意地向山上的阿姐学采茶，向山下的阿嫂学养蚕，粗细活儿都认真地向人家学，再不会说"会啦，知道啦"。村里人也就更喜欢她了。

听说，那群叫着"风吹抖抖"的小鸟是老妈妈的化身，经常留在山坳里，教人"风吹抖抖"理麻丝、蚕丝和棉纱哪。

人们为了感谢好心的小鸟，就把它们叫作"风吹抖抖鸟"。

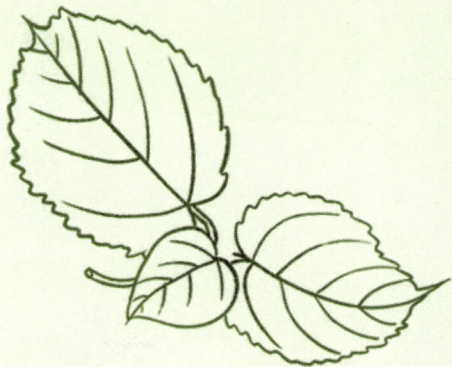

担 当 鸟

山里山有个精刮佬，不要脸皮，死要便宜。他出门去，看人家在刨番薯，就讨个番薯；见没人在，就顺手拿两个。到菜园去摘豆子，看没人在，把别人的豆子也捋一把。大家讨厌他，便给他起了个绰号，叫"精刮佬"。

精刮佬只有一个独养女儿，他不肯把女儿嫁出去，要招个女婿进来，一不要赔钱嫁女，二要有人给他干活。

七拣八挑，精刮佬招了一个小女婿。

小女婿上门，只埋头干活，不敢多说话。叫他过东，不敢往西；叫他站着，不敢坐下。老实得很哪！

清明一过，山里山家家户户都准备着要养蚕了。这年，精刮佬家里的蚕养得特别多，到油菜结籽的时候，眼看桑叶不够，可是精刮佬一点不担心，把小女婿叫到跟前吩咐道：

"蚕儿吃得饱，蚕丝抽得好。桑叶不够吃，你快想办法！"

"丈人啊，有的人家蚕儿养得少，桑叶吃不了，向他们买吧！"小女婿说着，朝精刮佬看了看。

"嗨，你是聪明面孔笨肚肠。什么都要买，哪有这么多铜钿（tián）哪！"

小女婿听了不明白。

"哎呀，'缺桑少叶叶是宝，桑叶多了是堆草'。别人桑叶多了，值什么钱哪！"

小女婿听了还是不明白。

"还不懂？到别人桑树上去采点嘛。"

小女婿听了，脸颊红红，站着不敢走。

"你怎么了？今天变成'鸭听雷'，一点听不懂？"

"不！丈人，我懂啦。你不是叫我去偷吗？"小女婿说着，头都抬不起来。

"呵哈，看你说这话！我又不是叫你去偷，我是叫你去采一点啊。再说，'树头果子，绊人牙齿'，摘几个橘子、敲几个梨头都不算偷，捋几把桑叶算偷吗？胆小鬼，去吧，去吧！"

小女婿听了真想哭出来，站着不肯走。这一来，精刮佬火啦！

长烟筒一笃就骂：

"笨蛋！吃我一碗，要由我管。不把桑叶背回来，就不要进门！去去，有事我担当，有事我担当！"

小女婿听了，腿脚发软，真不愿去。但想想丈人说有事他担当，没法子，就去吧！他背了叶篓，东转转，西旋旋，不敢偷；南看看，北望望，见山脚有棵大桑树，四面没人家，就去采啦。可是刚刚捋了三把叶，老远有人喊着赶来了。小女婿心慌意乱，一吓，脚一滑，倒头摔下来，撞在山岩上，满嘴都是血，死啦。

小女婿死了还伤心呢！他怨自己不该上精刮佬的当，因此变成一群怨鸟，在叫怨。这种黑羽毛的怨鸟，像小黄莺那么大，每

到油菜结籽的时节，就飞到桑树上来，两只脚的爪子抓住桑枝，像小女婿倒头摔下来一样，头向下悬空吊着，啼叫着"担当，担当；上当，上当！"的悲惨声。好像告诉人们：受骗上当，出了事，谁担当呵！人们就把它叫作"担当鸟"。

这种怨鸟就这样叫着，啼着，嫩黄色的鸟喙（huì）慢慢地变成了鲜红色。据说这是当时小女婿摔死时满嘴鲜血的缘故。

这种鸟生长在浙南山区。它们站着的时候不啼叫；在两只爪子抓住桑枝，身子倒挂着时才会啼叫。直到现在都是这样的。

养 蚕 鸟

每年春天养蚕季节，有种鸟在蚕室旁边飞来飞去，发出"姑姑妒，养蚕苦"的叫声，这种鸟叫养蚕鸟。

养蚕鸟是怎么来的呢？

传说从前运河边上有个嫁不出去的大姑姑。她心眼小，对人刻薄，却有一套养蚕的本领。这一年，弟弟娶了新媳妇。新媳妇是个十分善良勤劳的人，便提出要同她一道养蚕。大姑姑心里不愿意，却笑着对弟媳妇说："妹妹呀，养蚕蛮容易，不必合起来养，你只要照我的样养蚕，就学会了。"弟媳妇见大姑姑不肯，不好勉强，只得分开养。

这样，大姑姑在东屋养蚕，弟媳妇在西屋养蚕，弟媳妇一桩一件都照大姑姑做。大姑姑买了八张红皮蚕种子，弟媳妇也买了八张红皮蚕种子。大姑姑准备了八只竹匾，弟媳妇也准备了八只竹匾。

农历十二月十二日是养蚕日，养蚕人家家户户都要用石灰水朝蚕种上浇浇，据说这样蚕就能养得又大又好。那天，大姑姑拿了石灰水往红皮蚕种上浇，弟媳妇看见了，也去准备石灰水。

大姑姑想：如果她样样学了去，岂不养得同我一样好？那不行！于是，急急跑到西屋，见弟媳妇正要用石灰水浇，就故意惊叫起来："哎呀，好妹妹，你用凉石灰水浇，蚕子都会冻死的。"

弟媳妇听了很急，忙问："大姑呀，那怎么办呢？"

"快把石灰水烧烧滚浇上去，蚕子碰到热，明春发得好。"

弟媳妇以为大姑姑一片真心，立刻照办。谁知滚石灰水一浇，

蚕子都被烫死了，只有两颗蚕子没烫着。第二年初春，大姑姑的八张红皮蚕种子孵了两匾小蚕，弟媳妇的八张红皮蚕种子，只孵了两条小蚕。

开始喂叶后，每天大姑姑去采一筐桑叶，放在匾里，弟媳妇也采来一筐桑叶，放在匾里。大姑姑采两筐，弟媳妇也采两筐。大姑姑见了暗暗好笑：你只有两条蚕，要采这么多叶做啥呢？

蚕过四眠，发得更快，大姑姑东屋里的八只蚕匾挤得满满的，眼看快上山做茧啦；但隔了一两天，八只蚕匾又慢慢地疏朗起来了。咦，为啥自己每天采的桑叶越来越少，而弟媳妇每天采的桑叶却越来越多？大姑姑心里奇怪。

这天晚上，她走到西屋，往门缝里瞅，只见里面灯光下，有两条很大很大的蚕，爬来爬去，在大口大口地吃桑叶；旁边有许多小蚕，围住它们。再仔细看看，在隔墙上面，有许多小蚕，从东屋不断地爬过来。

大姑姑知道这两条是龙蚕，自己的许多蚕，都是爬过来向它们朝拜的。于是一肚子怒气，闯进了西屋的门，当着弟媳妇大骂道："好呀！亏你养出两条妖怪蚕，把我东屋里的蚕魂都吸走了。妖怪不除，家宅不安！"一边骂，一边拿过竹筐里的桑剪，对那两条龙蚕猛戳。许多小蚕见龙蚕死了，就又慢慢爬回东屋。

弟媳妇抱着两条已经僵直的龙蚕悲伤极了！她流着眼泪，痛哭着，从前半夜哭到后半夜，眼泪也哭干了，声音也哭哑了。五更天，西屋窗口忽然飞出来一只鸟，叫着"姑姑妒，养蚕苦！姑姑妒，养蚕苦！"向田野飞去。

这鸟就是弟媳妇化成的。因为年年到养蚕的时候它都要出来，后来人们便叫它"养蚕鸟"。

太 平 鸟

　　乌鸦没有五彩斑斓的羽毛，也没有婉转悦耳的歌喉，一般人都不喜欢它。可是它因在危难时向人报警，而获得一个光荣的称号——太平鸟。

　　这故事发生在南宋初年。

　　当时，完颜宗弼（bì）发兵大举进攻，宋高宗赵构君臣避金兵南下，一路上敌人马不停蹄，跟踪追赶，形势十分危急。

　　君臣连日奔波，匆匆来到绍兴。这天，刚刚下马歇鞍，众人山呼万岁，庆幸摆脱敌人，准备就地将息人马。忽然，一只乌鸦停在赵构对面，朝他哇哇哇地叫了三声。赵构见它生得难看，叫得难听，心中十分不快。谁知乌鸦又哇哇哇地叫了三声，一连三

遍，总是不肯飞走。

赵构心中发火，一把从卫士手中取过弓箭，去射乌鸦。乌鸦见箭飞来，脖子一伸，叼住了箭杆，朝南而飞，飞出百步之外，停下来对着赵构直瞪眼。这一来，赵构越加生气，张弓搭箭，上马追去。乌鸦一拍翅膀，在赵构面前不远不近、不高不低地飞了起来。众人见皇帝骑马追赶，也只好骑马跟上去保驾。

乌鸦一连飞了三四十里，飞过老岭①，进入上旺无名岭。赵构一时性起，策马扬鞭，一直追上那条无名岭。就在这时候，忽听山下一声炮响，众人回头一望，只见岭下金兵挥动旗帜，慢慢退走。

原来完颜宗弼探得赵构行踪，一路夜以继日，紧追不放，直到无名岭下，见群山连绵，山峦重叠，一条山路忽隐忽现。完颜宗弼疑有伏兵，便放炮传令，收旗回兵。从此这条无名山岭就叫"旗收岭"②。

众人脱险以后，都说要不是这只乌鸦引路，大家全当俘虏了。高宗惊愕地叹道："我平时偏爱喜鹊，厌恶乌鸦，原来喜鹊报喜

---

①老岭：在绍兴富盛镇东侧。
②旗收岭：在绍兴上旺村附近。

不报忧，倒是乌鸦在危难之时，及时向人报警，这真是太平鸟啊！"从此，乌鸦便有了"太平鸟"的称呼。

　　直到今天，人们外出或归来，如果听到乌鸦高叫，便会自觉地引起警惕，处处检点，时时留意，连最粗心鲁莽的人也不敢疏忽大意了。

　　这真是"鸦声逆耳利于行"啊！

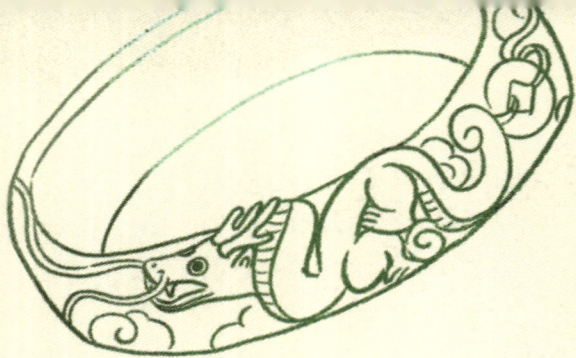

鸟 为 媒

一

东海边有座碧翠山，山上住着个小画匠。小画匠生得很秀气，鹅蛋儿的脸，红李子的嘴；说话嘴里过，看人怕张眼；为人聪明、善良，人称"小画师"。

小画师父母双亡，孤苦伶仃一个人，一年到头靠给人家画画过日子。

这天，小画师从城里回来，走到半山时，只听得前面扑棱棱一阵响，前去一看，见一只山鹰追捕着一只小八哥。小八哥飞不高，逃不快，张着翅膀在地上乱拍乱窜，眼看就要被抓住啦！小画师见它可怜，急忙把手里的雨伞啪地一撑，将山鹰赶跑，把它救了下来。原来这只小八哥还幼小，刚学飞，险些落入山鹰之口。

小画师东张张，西望望，找不到小八哥的窝；左瞧瞧，右看看，寻不着小八哥的娘。怎么办？让它留在这里，山鹰要是再来欺侮它，不是又要遭难吗？小画师不放心，就把它捧起来，放在画篮里，带回家去，打算将它养大后再放回山林。

小画师把小八哥带回家，给它做了只鸟笼，挂在屋檐下，让它住着。

小画师孤单单的一个人，只有小八哥和他做伴。小画师有话没处说，每天只有对着小八哥说长道短。日子久了，小八哥成了小画师的知音啦。小画师的话，它能听得懂，还能学着说。

这天，小画师一边给小八哥添食、换水，一边对它说道："小八哥啊小八哥，你现在羽毛已经出齐了，长大啦，我在家的日子少，出门的日子多，怕照顾不好你，你就回到山林去吧！"

"好好！"小八哥应着，向小画师看看，有点舍不得离开他。

小画师把鸟笼打开，小八哥飞出去，停在树丫上，朝小画师点了三次头，拍拍翅膀，飞走了。

小八哥一路飞，一路想：小画师只一个人，我走了，他不更寂寞吗？他里里外外靠自己，没人帮衬，多可怜呵！我要帮他娶个亲。小八哥打定主意，就没有飞回山林，而向城里飞去。

小八哥在城里飞啊飞，要找个人品好、心地又善良的姑娘，给小画师做配偶。

　　这是个炎夏的黄昏，夕阳西照，晚霞满天。它停在一幢红砖绿瓦的小花楼旁边的一棵柳树上，歪着头，斜着眼，看房里有一位姑娘，独自伤心地在自言自语："娘啊娘，你死得早，女儿就苦了！爹整天钻在钱眼里，没把女儿的亲事放在心上啊！以前给女儿说的几门亲，女儿都不中意；女儿喜欢的是文才，不是钱财呵！娘啊娘，你看女儿该咋办？"

　　原来，这姑娘姓柳，名字叫彩姑，人家都叫她柳姑娘。她父亲是城里有名的珠宝商，人称柳员外。此刻，柳姑娘正在独自叹息着，她父亲却乐呵呵地捧着一对龙凤玉镯，上楼来对她说："女儿啊，这龙凤镯是爹花五百金收进的，现价要值两千，十分宝贵。你把它好好收起来，将来出阁时给你作陪嫁，你高兴吧？我还有客人，要走了。"说着，小心翼翼地把玉镯放在桌上，满心欢喜地下楼去了。

　　可是婚姻大事不如意，任父亲怎样来讨女儿欢心，女儿都无动于衷。柳姑娘正随手要把玉镯放到箱子里，厢房里丫鬟在喊她了："小姐小姐，快来画啊，昙花开啦！"柳姑娘一听，匆匆跑到厢房去，一笔一笔地画起昙花来。

柳姑娘的一言一语、一举一动，小八哥都听得明白、看得清楚，喜得嗖地飞进姑娘闺房，嘴一翘，把桌子上的一只玉镯撬起来；头一伸，"骨碌"套在颈上，飞出房外，径直向碧翠山飞去。它飞啊飞，飞到小画师屋前，小画师正好在屋前纳凉，一见小八哥回来，喜得双手一拍，小八哥就飞落在他的手上。

怪！小八哥的项颈上怎么有只玉镯？

小画师正在疑惑，小八哥说啦：

玉镯作聘鸟为媒，

哥哥快去把亲配。

柳家姑娘心地好，

美满姻缘结成对。

小画师听小八哥这么一说，对它又感激又嗔怪："小八哥，小八哥，你好糊涂！珍贵的玉镯谁家的，快去送还别耽误！"

小八哥听小画师这么责怪，知道一时说不清楚，就把头一低，将玉镯脱在小画师的手心里，管自己向城里飞去。急得小画师喊

也没用，只好小心地把玉镯收藏起来，再作计较。

二

柳姑娘房里失去了一只玉镯，使得全家都惶惶不安。柳员外急了一夜。天蒙蒙亮时，那只小八哥忽然飞到他的窗前叫道：

喜气临门鸟做媒，

许了姑娘玉镯归。

寻找失物贴启事，

佳婿送镯把亲配。

哟，这是谁在说话呀？是鸟，鸟怎么会说话呢？哦，一定是神鸟。于是柳员外根据鸟儿的话，在四个城门张贴了寻找玉镯的启事，说失落龙凤玉镯一只，拾得者如能归还，年老的酬谢银两，后生愿招为婿。

事有凑巧，这天小画师用块绢帕小心地把玉镯包起来，上城里去寻找失主。他一走到东城门，见一堆人围着看柳家贴的启事，前去一看，又惊又喜，就径直向柳家走去。家人禀报柳员外，说碧翠山的小画师拿玉镯来啦。柳员外忙把小画师迎进客厅，接去玉镯，管自己上楼去找女儿，把小画师丢在客厅里。

柳员外一上花楼，将送还玉镯的事跟女儿一说，女儿十分惊奇，真的是神鸟为媒给自己选了女婿吗？她心里甜滋滋，把绢帕包打开，两只玉镯一对，果是失落的原物无假。柳姑娘羞答答地问父亲："爹，这玉镯是谁拾到的？是谁送回来的？"

"哦哦哦！忘了跟你说，这玉镯是碧翠山的小画师拾到送来的。他还在楼下，我得去和他谈谈。"柳员外一走，柳姑娘就叫丫鬟跟去看看小画师的模样儿。

丫鬟去后，柳姑娘盯着绢帕出神，原来这块尺许见方的绢头，是小画师作的工笔扇面"红莲双燕图"，画得真是并蒂红莲摇摇欲动，一对紫燕栩栩如生。再看题词和落款，字儿秀丽不凡，真个是名不虚传、多才多艺的小画师啊！

柳姑娘正看得入神，丫鬟急匆匆地赶上楼来开口就嚷："姑娘，姑娘，小画师被气走啦！"

"什么……"

"是员外出尔反尔，给小画师十两纹银，就要把他打发走了。说起这小画师，既英俊，又有志气，他说，他来送还玉镯，不是为了索取酬劳，而是要来看看员外是真心还是假意。还说员外是个言而无信的人。员外一听，就火冒三丈，责骂小画师是个穷画匠，好比癞蛤蟆想吃天鹅肉，不识时务。就这样气得小画师冷笑一声，一拂袖就走了！"

经丫鬟这么一说，柳姑娘咬着嘴唇，眼圈一红，心头一酸，扑簌簌地掉下了眼泪。

三

气走小画师后，柳员外回过头来想一想，事情虽这样了结，但后患却不少。不是吗？自己做珠宝生意，一向讲的是信用；现在寻到玉镯却赖账，人家就会说柳家无信，日后岂不要把招牌敲坍？

他左思右想，总想不出一个妥善解决的办法。最后，把心一横，只有诬小画师为贼，告到衙门，判个罪名，才能消除口实，以保平安无事。

主意一定，柳员外就带上贿金去见县太爷。这县太爷是个正直的人，表面上看来有点糊涂，实则很有心计。关于近来柳家寻镯许女的事，他早有所闻。现在见柳员外上门来恳求他，就假痴假呆地说道："这案子本官也弄不懂，启事是你写，恶人却为什么叫我来做呢？"一句话使柳员外难以回答。

柳员外没法，便拿出二百金放在他面前，说道："差点忘记了，老夫人的八十寿辰已在眼前，这点小意思我早有准备。你是父母官，惩办小画匠的事一定得替我做主。"

县太爷听了哈哈大笑道："我母今年七十七，必定是你记错了。不过你说得对，我是父母官，我的'子女'多着呢！这二百金先留在这里吧。"

四

第二天，县太爷派衙役把柳员外和小画师都叫到公堂。县太爷说："现在你二位先莫开口。我规定一条，谁开口官司就算谁输。我现在还要传人哪！"于是又叫衙役传柳姑娘到堂作证。

柳姑娘正在家里伤心流泪，忽听衙役传她。她也不知是凶是吉，便揩掉眼泪，带丫鬟来到公堂。那县太爷一见柳姑娘来了，就好声好气地问："柳家姑娘哪，今朝本县只问你一句话，你要说真的，别说假的：你家少了只玉镯，是失落的，还是被窃的？"

"这你问我爹好了。他张贴寻找玉镯的启事，没说是被窃的。"

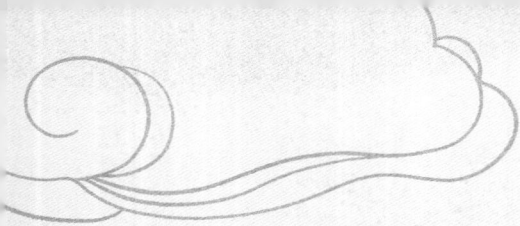

柳员外被女儿将了一军，头耷拉得越来越低。

"那么小画师是送镯认亲的女婿，还是偷取玉镯的窃贼？"

"这也问我爹好了。小画师偷窃玉镯是假，我爹欺贫爱富是真！"

"对对对，本县再来问你：你和小画师的亲事，谁为媒，啥作聘？"这一问，倒问得柳姑娘心里怦怦跳，有话难启口。机灵的小八哥已在公堂梁上观看多时，此刻就抢着回答："鸟做媒，镯为聘！"

"对，鸟做媒，镯为聘！"柳姑娘含羞地也跟着小八哥给县太爷回了话，还偷眼把小画师看了看，只见小画师深情而感激地正朝她望着，两个人一照眼，都红了脸。

县太爷问清了事情的经过，捋捋胡须，这才笑嘻嘻地判道："哈哈，八哥做媒，这乃是我境内的一大奇事，可喜可贺。八哥尚且能与人为善，更何况'你我他'了！柳姑娘和小画师乃天生一对，应成眷属，白首偕老。"

县太爷判毕，拿出二百金，假装糊涂地对柳员外说："今日大喜，这二百金由我做主，就给你新女婿作见面礼吧。"

这一来，弄得柳员外哭笑不得，但事情已到这个地步，而且县太爷这样判案，一不使他与小画师当面起争执，伤了和气；二则将二百金"借花献佛"，保全了自己的面子，想得实在周到。柳员外当堂便一切依从。

灵巧的小丫鬟代小画师上去领来二百金，谢过县太爷和柳员外，又向他们笑笑，便回头一手拉住柳姑娘，一手拉着小画师，走出大堂而去。小八哥也喜得一拍翅膀，跟着小画师和柳姑娘他们飞回碧翠山去了。

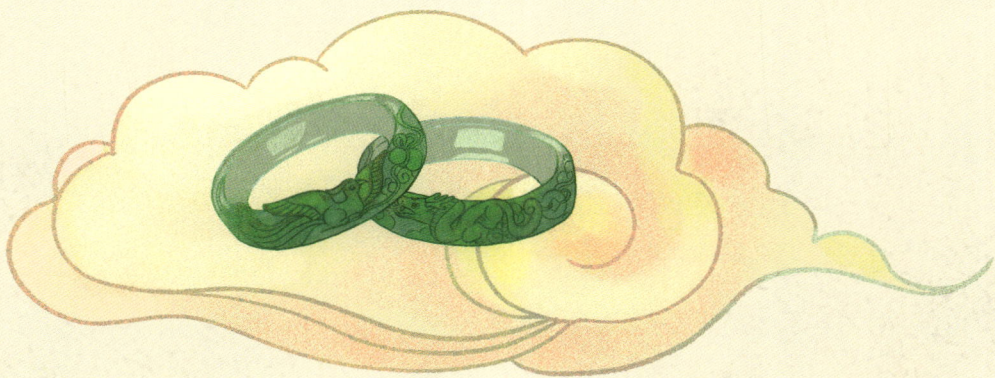